Wulf O. Klausens

MONTAGSROMAN
[12.12.22]

In seiner MONTAGSROMAN-Romanovelle steigt dieser Wulf O. Klausens den Ereignissen nach, welche an jenem Tag, jenem 12.12.2022 [12.12.22] anmarschieren könnten und auch tat-wahrwesentlich dann passiert sein sollen. Das Geschriebene verbaut das „Wollende" der Kälte-Existenz in der Kalamität mit dem Heutigen der Kühnheitszeit zu einer sehr anpackenden Voll-Geschichte. Wir sehen uns in der 16-Grad-Wohnungswelt von Deutschland im Dezember. Ja, 2022. Alle haben beob-achtet den schlimmen Krieg, also will man kaum hinaus in die Welt. Putin verleidet allen alles. Wird er siegen? Besiegen? Uns? Wieso die? Die Heizungen sind runtergedreht. Ivo Hass kocht und wütet. Dassia Rössler scheint cooler. Dazu dieser seltsame Mieter und Fensteraufreißer Ablich. Man muss wimmern bei allem Bösen. Oder sich wehren. Putin ist weit, aber Ablich lebt im Stockwerk direkt darunter. Mit ihm muss man irgendwie in Kontakt kommen, ihn stoppen. Etwas wird geschehen, ohne Zweifel.

WULF O. KLAUSENS verkündet Jammern und doch kaum Kla-gen. So erkämpft er das Hinweggehen über kümmerliche Verlierun-gen. Sein Name kann edel sein, beweist uns aber, dass sich diesem Schrifttuer und Wortspalter keine Freileibigkeit, aber einiges an Abdankungen zuweisen ließe. Nur dieser Tag im Dezember könnte zur Verkosung der Kälte (als Kühle) heranreichen. Klausens schreibt auch LIVE-Gedichte, gewiss, er erbringt zudem immer wieder mal Petizetten. Es entstehen dann auch noch solcherlei Textate. Er wirkt stets an Büchern, Zitaten, Allerleifein und -rein. Außerdem sind da jene Blogs in seinen Leib geschraubt. Nun leuchtet vor uns wieder einmal der eine Roman des seienden Tages. Erst die Menschen nach unserer Zeit werden erfasslichen und vergeblichen können, was wir an ihm müssen und wollen getan hätten. Insgesamt ist es kaum besonders, was euch damit begonnen sein würde. Dennoch: Dieser Mensch kann nur von sich bluten, was ein kühnes Hirngestanze ihm aberkost. So wie alle Kaltpartikel von Sätzelchen umflossen werden und weiterkleben müssen. Zur Not auf keinem Asphalt.

Wulf O. Klausens

MONTAGSROMAN
[12.12.22]

Romanovelle von 120 Seiten

Bibliografische Information der Deutschen Nationalbibliothek: Die Deutsche Nationalbibliothek erfasst diesen Buchtitel in der Deutschen Nationalbibliografie. Die bibliografischen Daten können im Internet unter http://dnb.dnb.de abgerufen werden.

Umschlag: Erstellung (samt Fotos), Copyright für alles © Wulf O. Klausens, Hauptschrift: Myriad, Lektorat: Wulf O. Klausens, Endredaktion: Wulf O. Klausens.
——
ISBN 978-3-7568-9645-5
Erste Auflage Dezember 2022
Herstellung und Verlag:
BoD – Books on Demand, Norderstedt
Printed in Germany (EU)

www.klausens.com
[Copyright]
© Wulf O. Klausens – info@klausens.com

KRIEGE(N) EUCH

Da ist die nächste Bombe, noch eine Drohne,
Diese Rakete, von denen wir alle wissen.
Ja, sieh, hör, wie sie spritzt und knallt.

Denn ihr sollt leiden, sterben, verstümmelt sein,
Weil Land alles ist, Landkarten, Landvolumen.
Mengen, immer die. Menschheit ist nichts.

Deshalb muss geschossen werden,
An den Tagen, in den Nächten,
Bis Staudämme geweint werden. Massen.

Niemand darf sich gewiss sein. Vor allem Strom.
Bruderschaft ist Freundschaft des Mordes.
Da, wo einer an seinem Tische sitzt.

Man drücke Knöpfchen, quäle Geschöpfe.
So ist diese Welt, nur so. Macht, nur Macht.
Lasset uns wimmern, so sinnlos es doch sei.

Fliehet den Wahn! Geißelt Hasskartuschen!
Wumm! Brechet die Klammweisheiten!
So kann Zukunft selbst vergessen sein.

Man könnte kommen, man könnte gehen, man könnte bleiben.

Hass drehte sich um. Ivo Hass, geboren in der Welt.

„Hör mal, dreh doch mal das Radio runter!"

„Ich ahnte es doch, ich ahnte es."

„Was denn?"

„Ach nichts."

Es gab einen Korruptionsskandal, diesmal in der EU. Nicht weit weg, nein, in der EU.

Dassia wusste Bescheid, sie wusste immer Bescheid.

Ivo und Dassia in einer Wohnung. Sie schienen irgendwie wichtig zu sein, irgendwie aber auch nicht.

Dass sie Radio hörten, machte sie sympathisch. Das hatte etwas Altmodisches.

Ansonsten war die Heizung aus. Man sollte sparen, weil vieles so teuer geworden war.

„Wir werden Putin alles um die Ohren hauen, was man einem Menschen um die Ohren hauen kann."

„Du denkst viel zu human, die Kategorien sind doch andere. Einen solchen Menschen müsste man zersägen. So! Und bloß nicht anders."

Ivo Hass, genannt „der Hass", war eigentlich gar nicht so. Mit Zersägen ... das kannte man nicht von ihm. Eigentlich.

Jetzt musste er sich die Decke ein Stück höherziehen, weil sie verrutscht war.

Dassia schaute auf das Thermometer: „Wir haben 16 Grad, wir haben keinen einzigen Heizkörper an. Wir preisen jede Sekunde um jenen Putin." (Das war ihre Ironie.)

„Ich preise die Fensterscheiben, das Glas, denn wir haben noch welches. In der Ukraine, die haben oft keines, die haben bloße Gemäuer, reinste Keller, sofern sie überhaupt noch Leben und Gesundheit besitzen."

„Ivo, es muss doch nicht sein!"

„Was sollen wir beide schon machen? Sage es mir doch!"

„Wir könnten schreien, laut schreien!"

„Danke, ein fein ironischer Vorschlag! Wieder mal."

Dassia musste einen Bericht schreiben, den keiner haben wollte: Kirchenaustritte von da bis dort, also bis jetzt, bis heute, sofern Daten vorlagen, die Daten waren immer älter als die Sache selbst. Es ging um die Homepage vom Brachial-Institut. Da wurden immer Daten in Texte verwandelt. Die Texte konnten die Daten umhüllen, bis man sie kaum noch verstand. Ein alter Trick. An den Austritten als solchen gab es aber nichts rumzudiskutieren.

Dassia aber hatte diesen Hang zur Wahrheit, zur schonungslosen Wahrheit.

Die Kirchenaustritte fanden statt, die Missbräuche auch. Waren sie weniger geworden? Und wie tickte der Kardinal? Und Bischof war er zudem. Erz, Erz, Erz. Also ganz wichtig.

Gott richtete bekanntlich alles, aber es gab Schrecken von A bis Z.

Wo also war Gott dann bei allem?

Die Dinge passten nicht. Auch die Bibel nicht.

Dassia hatte ihren Glauben längst abgelegt.

Glauben war käuflich. Man denke nur an den Patriarchen in Russland, der so mit und für Putin sprach. Allein durch so eine Person musste sich jeder Gott lächerlich machen, tragisch lächerlich.

Auf Gott berief man sich, man rief sich den eigenen Gott herbei, gestaltete ihn so, wie man es brauchte. Gott war auch käuflich. Gott war eine Masse, in die jeder Mensch seine eigene Ideologie hineinstopfen konnte. Dann sagte man: „Gott will, dass ..." Und, schwupps, war alles genau so, zu hundert Prozent richtig. Gott ließ sich für alles einsetzen. Ein universales Begründungsetwas.

Ivo Hass sollte doch mal den Schrecken Gottes in Worte fassen. Das wünschte sich Dassia. Aber sie wünschte sich so viel.

Die Mutter von ihr lag meist zu Bette, das ging schon Monate so, eigentlich Jahre. Mittlerweile, mittlerweile.

Frau Henriette Rössler hatte den Verstand verloren. Alzheimer, so sagte man. Und sie schaute wirr, war auch mal nett, aber oft wirr, sie war eigentlich gar nicht mehr Henriette, sondern jemand anders. Im Pass aber stand noch der Name, der Rössler-Name.

In Dassias Pass stand auch noch der Rössler-Name. Denn sie wollte Ivo nicht heiraten. Außerdem hätte sie den eigenen Namen dann behalten. Hass wollte sie nicht heißen, Ivo wollte seinen „Hass" aber ewig tragen, vor allem: niemals Rössler heißen, gerade nach den Ereignissen um die Ukraine.

Sie wollten auch keine Kinder. Dafür war es auch zu kalt in der Wohnung, für alle Gedanken war es zu kalt.

Ivo Hass befasste sich mit den noch geschlossenen Briefen, nun geöffnet: Die Stromfirma hatte geschrieben. „RCE Energie", man verkündete, was es ab 1.1.2023 kosten solle. Gigantische Steigerungen. Dann kam eine Ankündigung, dass der Internet-Auftritt teurer werden müsse. Die Versicherung (für was?) wollte auch die Preise erhöhen. Das Festival der Preis-Steigerungen hatte endlich so richtig begonnen. Jeder Brief, jede Mail war voller Tücken.

Natürlich würde man für die Pflege der Henriette auch mehr zahlen müssen. Eher war so zu fragen: Wo zahlte man nicht mehr? Die Inflation lag bei zehn Prozent, lächerlich wenig. „Vergleichen wir uns doch mal mit der Welt! Zehn Prozent, das ist so maßvoll, da würde man in anderen Ländern Partys feiern. Bei nur zehn Prozent Inflation!"

Dassia hatte fast verzweifelnd schon gesagt, man solle eigentlich zum „Reichsbürger" mutieren. Ihre Ironie klang hierbei so ernst. Irgendwie musste man sich doch verändern, in aller Wut, in allem Zorn, bei all dem Hass.

Reichsbürger, das war eine Art von Putin-Denke daheim, in Deutschland. Nur anders. Am Ende das gleiche Prinzip: Gewalt, Macht, Umsturz, Leid, Waffen. Viel Hass.

Man könnte auch Putin, Reichsbürger, Trump in eine Kette bringen. Sollte man nicht noch den Iran hinzunehmen? Dann China? Und so weiter, und wieder so weiter. Es ging um Anti-Demokratie, Kontrolle, Unterdrückung, allgemeine Boshaftigkeit. Unschönes Dasein. Nimm die Hungersnöte noch hinzu. Nimm! Und dazu noch eine süße Covid-Überwachungs-App.

Ivo wollte heute noch weg. Da war diese Reportage über den nächsten Klebeauftritt. Ivo sollte für den „Wockenheimer Anzeiger" berichten, das brächte etwas Geld, Zeilengeld. Die „Last Generation" sollte wieder was machen, sagte man. Die Autobahn A 5854 würde dafür heute eine Zeit lang zu sein, hieß es. Uhrzeit war bekannt, zumindest beim „Wockenheimer Anzeiger".

Diese breite, breite Strecke. Ein Autobahn von drei Spuren in jede Richtung.

„Dassia, ich bin weg. Du kannst mich ja auf dem Phone erreichen, wenn deine Mama heute noch verlegt wird."

Das Heim baute um, man hatte Mangel, alle hatten Mangel. Im Elfriede-Sichmann-Heim gab es zu wenig Pflegekräfte. Nun sollten 50 Patienten ausgelagert werden, in ein Zweitheim in Dichlingen, 15 Kilometer mehr zu fahren, und das bei den so hohen Benzinpreisen. Dassia wollte eigentlich auf das 49-Euro-Ticket umsteigen, ab dem nächsten Jahr irgendwann, aber damit käme sie nicht nach Dichlingen. Es gab nur einen Bus alle zwei Stunden.

„Hey, Hass, das hättest du wohl gerne. Die Verlagerung für Henriette ist noch nicht zu 100 Prozent durch! Ich bin da noch dran. Dichlingen muss noch warten." (Sie sagte neckisch „Hass" zu Ivo. Immer wieder mal.)

„Willst du die verklagen?"

„Nein, nein, aber Adelinde wird mir helfen. Sie kennt da einen Anwalt."

„Anwälte kennen, das ist heutzutage so wichtig. Aber Geld zum Klagen ... das auch! Außerdem quatscht Adelinde immer so viel daher. Oft ist es nur Luft."

Ivo warf Dassia das mangelnde Geld vor, Dassia warf Ivo das zu wenige Geld vor. Ivo mit seiner Rumschreiberei, Zeilengeld, Nichtigkeiten.

Dassia schrieb schnöde Zahlen über Kirchenaustritte zusammen, oder Veränderungen im sozialen Wohnungsbau. Immer Zahlen. Das war auch nicht viel besser. Sie brachte Zahlen in Texte, jeder Artikel wurde bezahlt, nicht die Zeile. Dafür war die Artikellänge festgelegt. Eine Zeichenzahl, die X nicht überschreiten, aber auch nicht unterschreiten sollte. Sie nannten es „Content", Dassia nannte es „Schrott". Aber so verdiente sie Geld, zudem im Home-Office.

Seit der Eskalation des Bürgerkriegs im Jemen vor fast acht Jahren sind nach Angaben der Vereinten Nationen in dem Land mehr als 11.000 Kinder getötet, verstümmelt ...

13

„Mach bitte das Radio leiser, danke."

„Nein, ich brauch den Zugang zur Welt!"

„... zum Schrecken! Du bist süchtig nach Schrecken! Das geht auch ohne Ton. Hol dir einen Nachrichtenticker auf dein Smartdings, und dann hast du jede Sekunde Schrecken."

„Du bist ungerecht, als ob ich mich am Schrecken labe. Aber man kann doch auch nicht so tun, als gäbe es das alles nicht."

„Mir reicht ein Leben ohne Heizung."

„Die haben wir selber abgedreht, wir müssen sie nur andrehen."

„Nein, nein, ist schon okay. Wir müssen da durch. Ohne Geld ist ja nichts los. Und wir sind so knapp, knäpper geht es ja kaum."

„Wir sind also Knappen, die Knappen des Geldes!" Mit solchen Sprachspielen hielt sie sich über Wasser. Ach, Dassia!

Es war draußen unter null Grad. Drinnen jetzt 16. Ivo Hass agierte wieder mal mit dem Blick auf das Thermometer. Er hustete etwas. War das die Kälte? Oder war der Husten nervös?

Unten der Mieter riss immerzu die Fenster auf. Der war frischluftkrank. Der hatte wohl eine Krankheit, der brauchte manisch frische Luft. Oder war es Long-Covid? Die Lunge machte nicht mehr mit? Er drohte zu ersticken?

Dieser Mensch schien alle 20 Minuten alle Fenster aufzureißen, dann kam kalte Luft durch den Betonboden nach oben, in die Wohnung von Dassia und Ivo. Das wollte Ivo nicht mehr länger erdulden, er überlegte also, wann er nach unten stürmen und da klingeln würde. Allerdings: Der Mann war groß und breit und wirkte einschüchternd. Es hieß, den dürfe man nicht unterschätzen. Aber wieso konnte er das Fenster-Aufreißen nicht endlich mal einstellen? Oder deutlich minimieren? Alle 3 Stunden mal fünf Minuten, das müsste doch okay sein.

Das sollte doch genügen.

So frisch war die Luft doch gar nicht.

Ivo hatte schon ein DIN-A4-Blatt im Briefkasten vorgefunden.   (Aber die Ukraine hatte man gar nicht erwähnt!)

An die Bewohner
  --KÄLTE--KÄLTE--KÄLTE--

Im Dezember 2022
Kurzes Stoßlüften ist eben nicht Dauerlüften = AUS-KÜHLEN ! ACHTUNG !!! ACHTUNG !!!

Stoßlüften heißt: kurz mal die Fenster aufreißen. Kurz!

Das wären höchstens 5 Minuten auf 1 Stunde, bes-

ser 5 Minuten auf zwei oder drei Stunden.

Alles andere ist:

• *totale Energieverschwendung   :((Klima! Klima! Klima!*

• *totales Auskühlen des Hauses   :((Klima! + Erkältungen! + Heizkosten!*

Wenn also Bewohner eines Mehrparteienhauses vielleicht das Motto pflegen: 15 Minuten lüften, 15 Minuten Fenster zu, 15 Minuten lüften usw., dann handeln sie gegen das Klima und auch noch gegen das Wohlbefinden der anderen Bewohner. Dann könnte man auch gleich ganz ohne Fenster wohnen und bauen. (Und das Heizen macht auch keinen Sinn.)

Die Mitbewohner fallen doch vom Sofa oder vom Stuhl, wenn da ewig lang die Fenster aufgerissen sind, zumal im Winter. Gegen diese viele Minuten lange Kaltluft kann man gar nicht mehr anheizen, denn die kalte Luft erfüllt das Gebäude so sehr bald von Grund auf, lässt schnell schon die Wände dauerhaft auskühlen, und auch die Fußböden/Decken. Der Energieverbrauch steigt ja dabei unermesslich. (Energie ist so teurer! Und dann so etwas!)

ALSO BITTE DENKEN SIE DARAN: Lüften Sie schnell und sehr kurz (STOSSLÜFTEN) ... und keinesfalls lang (=DAUERLÜFTEN=AUSKÜHLEN). Sprechen Sie proaktiv die Menschen, die absichtlich (?) oder gedankenlos

16

(egoistisch!) das Haus auskühlen, an.

Ansonsten müsste man Sie nämlich zu den schlimmen Klima-Vernichtern zählen. Wer will das schon sein?!?!

Und das kostet ja so viel Geld !!!! Bei all den akuten Energiepreiserhöhungen.

Dasselbe gilt, wenn jemand Fenster ewig „auf Kipp" stellt, und das lange Viertelstunden oder sogar Stunden. Das ist ebenso alles andere als nett, weder zum Klima, noch zu den Mitbewohnern, noch zu unserer Heiz-Kosten-Abrechnung. – Alles, was dazu führt, dass das Haus auskühlt, ist doch, bitteschön, zu vermeiden! Kurz mal Lüften darf kein langes Auskühlen sein. Darin liegt auch die Kunst.

Ebenfalls unakzeptabel ist es, die Fenster im Treppenhaus aufzustellen, im Winter oder an den anderen Tagen, wo geheizt wird, und dann das Haus für die Dinge des Tages (Arbeit, Einkäufe, Bürokratie, Post, was immer) langfristig, gar über Stunden, zu verlassen. (Motto: Ich bin ja weg, die anderen können ruhig frieren. Das Haus soll doch auskühlen. Mir doch egal.)

So etwas ist einfach nur fies und gemein!

Also, es wäre doch lobenswert, wenn wir alle uns an diese einfachen Dinge halten würden.

Retten Sie das Klima! Lüften Sie richtig! ALSO: Im

Winter minikurz! 5 Minuten! Und: Seien Sie bitte nett zu den Mitbewohnern! Und: HAUSAUSKÜHLER brauchen wir gar nicht.

Beste Grüße, Ihr Hausberater und Klimafreund Erwin Hallert.

In der Ukraine hatten die ja oft gar keinen Strom. Also keine Heizung, keinen Strom. Vielleicht auch kein Wasser. Millionen ohne Strom, mal mehr, mal weniger. Putin ließ alle Infrastruktur zerbomben. Morden durch Kälte. Man konnte es nicht glauben, das war das neue Jahrtausend. Man war in Europa, und es ging ab, als wäre kein Hitler nie doch ja gewesen.

Anders als einst, aber doch wieder Schrecken, wieder mal sinnloser Schrecken, wieder war alles da, was endlich mal vergangen sein müsste. Tote, Tote, Tote. Das Rad drehte sich nach denselben Wahnwitzigkeiten der Erde. Andere Ausformung, aber nur Leid, Schrecken, sinnloses Töten. Unaufhörlich.

Ivo Hass fuhr nicht mit dem Auto. Er hatte Angst, ob das überhaupt anspringen würde, weil es ja so kalt war. Außerdem ließ es sich bei der Autobahn nicht gut parken. Es wäre Ballast geworden, das kleine blaue Auto.

Stand das Auto draußen, und das war ja immer der Fall, dann würde man jeden Morgen zittern müssen, ob es ansprang. Ivo tat das auch, wieder und wieder: angstvoll das Auto starten. Würde es anspringen? Würde es nicht anspringen?

Er hatte eine Starterbatterie, das schon, also eine Art Mappe mit Reißverschluss, darin war ein Powerblock, sah aus wie ein Barren, kein Goldbarren, etwas flacher, und den konnte man mit sich tragen. Damit ließen sich der leeren Autobatterie extra Impulse geben, also eine Art Mini-Extra-Batterie, aber damit sprang es auch gerne dann an. Dazu natürlich Motorhaube hoch, Starterkabel anklemmen, der ganze Nonsens. Nervigkeiten des Alltages. Arme Leute hatten mehr davon wegen der Armut, und deshalb schlechten Qualitäten, also billigen Autos in diesem Fall. Reiche Leute hatten den Ärger wegen der Fülle: Je mehr du hast, zum Beispiel bei Technik, desto öfter kann etwas ausfallen, nicht funktionieren, diese Dinge.

Er begab sich zur Straßenbahn, das würde einiges dauern, mit Umsteigen bestimmt 40 Minuten, aber so käme er seitlich zur Autobahn irgendwo an, dann würde er noch einige Hundert Meter gehen, aber er könnte dann gut zusehen. Wie viele wollten sich da hinkleben? Fünf Menschlein? Für drei Spuren? Das mussten doch mehr sein. Sonst bekam man die Autobahn nicht dicht.

Sie waren ja für das Klima, diese jungen Leute, angeblich, vermeintlich, ja, wohl doch recht sicher ... aber war der Kleber eigentlich gut für das Klima? Musste man das nicht mal alles genau betrachten? Es gab ja nichts auf dieser Welt, was „rein" war. Die Dinge lagen so kompliziert. Alles Tun war gut und schlecht zugleich, und das egal, aus welcher Gut-und-Schlecht-Sicht man auf alles schaute.

Drehe ich die Heizung runter, spare ich Energie. Aber wenn ich Henriette im Heim sehe, und die haben unter 19 Grad, vielleicht sind die bei genau 19 Grad schon, dann wird aus dem Strom- und Energiesparen ein planmäßiges Erkranken, also Krankmachen, von pflegebedürftigen Menschen. So ging es immer. A war immer auch B, und man konnte nichts mehr schaffen, wo es nicht dies und jenes gab, was gar nicht so gut war. Vermeintlich Gutes hatte immer auch Schlechtes.

Kleber roch so streng, er dachte an Sekundenkleber, das reinste Gift. Brachten die Klima-Aktivisten da Gift aus? Um vermeintlich Gutes zu erwirken? Mit Gift? Sollte man Staatsoberhäupter, die im Kern böse waren, nicht allesamt vergiften? Aber war Gift gut für die Umwelt? Was war bedeutsamer: ein toter Autokrat oder mehr Gift in der Welt?

Er fuhr jetzt mit der Straßenbahn, schön, aber er er konnte sich hier viel eher mit Corona anstecken. Das doch auch! Im Auto wäre er sicherer gewesen, keimmäßig gedacht. Mal ganz keimmäßig gedacht. Kein Auto zu fahren, galt als gut, weil weniger CO_2 in die Welt kam, oha, aber dann der Keim, die Krankheit. Die kam ja in der Straßenbahn so viel besser an uns heran. Covid-19, wir grüßen dich.

Ivo trug heute seine Maske in Weiß, er wollte ganz normal wirken. Die Masken waren optisch allgemein so unschön. Sie erinnerten an die Welt als eine verdammt kranke.

So fühlte er auch, genauso.

In zwei Bundesländern war die Maske abgeschafft, im öffentlichen Nahverkehr. Seit Samstag jedenfalls in Bayern.

Freiwilliges Tragen der Maske ja, Pflicht nein: In Bayern ist es nun jedem selbst überlassen, ob er in Bus oder Straßenbahn eine Maske tragen will.

Ivo beobachtete, wie ein Schüler von etwa 12, 13 Jahren einem anderen die Mütze vom Kopf riss ...

und dabei triumphierend lächelte. Der Bedauernswerte fingerte zurück, wollte seinem Gegenüber nun seinerseits auch die Kappe abreißen, aber genau das funktionierte nicht so recht.

Ein älterer Herr protestierte, weil es so laut und unruhig war. Und der Mützenklauer baute sich vor dem sitzenden Mann auf, als wäre er schon 25 Jahre alt und könnte nun wie Putin über alles herrschen und bestimmen.

Ivo Hass hatte so lange zu fahren, so furchtbar lang. Im Nahverkehr kannte man die Menschen und die Szenen. Die Starrer – die auf das Smartphone Starrenden, aber auch die aus dem Fenster Starrenden. (Minderheit!)

Es zog sich alles so dahin, das Fahren, dazu die Fülle, gerade die Schülermassen, gerade die. Dann der Lärm, die Welt war voller Lärm. Man hörte ja durch den Kopfhörer nebenan noch, dass es sich um einen Song von Taylor Swift handeln musste. Dieser Lärm.

Als er ausstieg, wusste er, dass es heute kein schöner Tag mehr werden konnte. Diese graue, diesige Wetter, bei Temperaturen von unter Null oder über Null, irgendwie dazwischen, da wollte man doch lieber drinnen verharren. Aber ohne Heizung?!

Er hätte gerne eine Bäckerei aufgesucht, wo man dann vier Tische hat. Dort sind große Scheiben, es ist geheizt, und man trinkt einen Kaffee, schaut raus, ist geborgen. Aber vielleicht hatten auch solche Bäckerei-Cafés alles runtergedreht.

Wer konnte heute noch vom II. Weltkrieg erzählen? Kein Strom, keine Nahrung, alles nur kalt. Hungerwinter 1941/1942? Es gab je mehrere, dann auch nach dem Krieg noch: 1946/47.

Vielleicht würde es 2022/23 auch noch Hunger geben. Man konnte doch nichts ausschließen. Die ganze Welt war durch den Putin-Krieg verrutscht, das hatte ja etliche Nachwirkungen und Auswirkungen. Wenn der Weizen nicht ankommt, in bestimmten Hungerländern. Wenn die Inflationsrate noch höher wird. Wenn die Energie knapp und knäpper ist, wenn Autofahren so teuer wird, Strom, Gas, alles, in der Folge die Preise bei den Firmen, bei den Handwerkern, bei den Bauern, in den Gaststätten, beim Friseur, überall, in der Stahlindustrie ...

Ivo zog sich seine Mütze auf den Kopf, angeblich Wolle. Ivo war voller Hass, genau wie sein Name. Jetzt hasste er die Kälte. Die ganze Atmosphäre, das Wetter, das Land, die schäbige Architektur. Reihenhäuser kamen, Mietshäuser bauten sich auf, Supermärkte, Baumärkte, nichts wusste ihn zu erfreuen.

Außerdem war keine Wärme in Sicht.

Er musste nun ein laute Straße längs, er wollte zur Autobahn kommen, da würde er sich seitlich annähern, über die Leitplanke, bei Kilometer 26 vielleicht, oder wie war das markiert?

Der Anorak war in hellblauer Farbe, so einen würde man auf einer Island-Exkursion anziehen. Das war Ivo wichtig gewesen, er wollte nicht Schwarz tragen, als ob er Teil einer Szene wäre. Er wollte ja von außen auf die Dinge gucken, wollte die festklebenden Leute auf der eiskalten Straße sehen, auf dem Asphalt der Autobahn.

Dann wollte er auch noch gucken, wie der Stau entstünde. Ob da Autofahrer aussteigen und wutentbrannt Dinge tun. Das wollte er alles mitbekommen. Kamerateams wären bestimmt auch dort. Dann natürlich die Polizei selbst. Da war die Frage, wie viele Leute die im Einsatz hätten.

Eigentlich interessierte es ihn aber doch nicht. Er musste ja seine Zeilen für den „Wockenheimer Anzeiger" vollenden. Das war der Grund, der eigentliche. Sein Interesse an Klimaklebern bzw. Anti-Klima-Katastrophe-Klebern war doch eher gering. Er selbst hatte schon so oft „5 vor 12" gehört oder gelesen, und das schon vor 30 Jahren, das man ihn damit nicht mehr erschüttern konnte.

Ja, es war alles verdammt ernst, es war dauerhaft 5 vor 12, aber ob man dafür nun auch noch den schwierigen Alltag aushebeln musste, das schien ihm nicht logisch. Er stellte sich vor, wie Klimakleber in der Ukraine eine Straße zumachen, bevor russische Panzer vorbeifahren ... oder ukrainische. Panzer stießen so viele Mengen an Dreck aus, den Krieg müsste man doch doppelt und dreifach blockieren, schon wegen des Klimas. Allein schon deshalb.

Vor ihm gab es einen Stau auf der Straße, die er längsging. Das war ja noch nicht die Autobahn. Das war die Straße daneben. Die Umleitungs- bzw. Umgehungsstraße. Würde es auf der Autobahn zu einem Stau kommen, also die „U" XY. Käme dann im Radio. Stau dort, man solle die U Nummer XY da nehmen. Die war dann auch „verstaut" oder erst recht verstaut. Dabei müsste um 9 Uhr morgens der Berufsverkehr doch schon deutlich abgeklungen sein. Also dieser Anreiseverkehr. Irgendwann würden die Lastwagen wiederum die Betriebshöfe verlassen. Aber wann war das genau? Dass die beladen waren und die Speditionen und Firmen sie auf die Straßen schickten? Welche Zeit war dafür die Kernzeit? 10 Uhr?

Ivo Hass spürte den kleinen Rucksack, den er für

den Fotoapparat dabeihatte. Das Ding zog schon etwas und führte zu einer Verspannung der Muskulatur. Musste nicht sein. War aber so.

Er sah, dass dieser Stau nicht mit den Klimaklebern zusammenhing. Wahrscheinlich nicht. Es war eine Art Lastwagen, der umgekippt war. Aus dem schien irgendetwas hinausgeflossen zu sein. Man roch es ja, und er war noch einige Hundert Meter entfernt, vielleicht 300, er konnte aber doch erkennen, dass da eine Art Tanklaster lag. Der silbrige Zylinder war auch markant.

Nun rief er mit seinem Smartphone beim WA an, beim Wockenheimer Anzeiger, und sprach mit Silis Gnaas, dem zuständigen Redakteur.

„Silis, ich bin hier nah an der Autobahn, aber hier auf der Straße, daneben, da ist ein Tankwagen oder so umgestürzt. Es könnte sich um einen fetten Chemieunfall handeln. Soll ich das was machen? Oder was meinst du?"

„Ivo, ja, ja, wo du mal da bist. Sicher, mach was. Die Klimakleber kannst du ja danach ... Hauptsache, wir haben schon mal was zu dem Chemiedings. Eine Meldung bekamen wir aber noch nicht."

„Von den Blaulichtern her müssten das aber bestimmt zehn oder zwölf Autos von Polizei und Feuerwehr sein."

„Bitte, bitte, tu es!"

Ivo näherte sich. Das schien doch ein großer Unfall zu sein. Es sollte ein Kranwagen noch kommen, Flüssigkeit lief und lief, außerdem roch es so schlimm. Auskünfte bekam er keine. Man ließ ihn auflaufen. Der Presseausweis half da auch nicht viel weiter. Ivo erhoffte sich, dass er auf seinem Handy-Gerät die dpa-Meldung würde lesen können, so hätte er Grundinformationen, damit die von der Zeitung nicht dächten, er wäre blöd. Oder unfähig.

So hatte es ihm mal jemand auf einem Seminar für Lokaljournalismus erzählt, in der Kaffeepause: „Wenn das Flugzeug brennt, auf dem Flughafen, dann stellst du dich irgendwo hin, draußen, am Gelände, aber so, dass man das Flugzeug noch sieht, im Hintergrund. Der Kameramann filmt dich am Geschehen, fast schon *im* Geschehen. Und dann nimmst du dir die Informationen von der Agentur, diese trägst du vor. Das wirkt verdammt authentisch. Die Leute glauben, du hättest was Tolles recherchiert, aber du stehst sicher irgendwo am Rande der Ereignisse, und giltst dennoch als der furchtlose Reporter inmitten des Weltuntergangs. Bei den Reportagen musst du also nur richtig stehen. Und Agenturmeldungen kennen."

Aber er würde vor ja heute vor keiner Kamera berichten. Er näherte sich aber, soweit er es durfte, und machte etliche Fotos. Die würde er noch in die Redaktion mailen, gewiss, aber die Sachinformationen, die sollten die sich von der Agentur holen. Vielleicht könnte er noch ein paar Leute vor Ort befragen, Anwohner. Elvira V. oder Hartmut M., so Menschen eben, die dann berichten, was sie heute erlebt hatten: Da war doch bestimmt „ein großer Knall und dann bin ich nach draußen gelaufen ...", so etwas musste sich doch finden lassen. So Sätze.

Ivo also suchte Augenzeugen, er lief die Absperrung rauf und runter, da gab es Glotzer, gewiss, aber die waren alle später als er selber angekommen.

Ivo musste sich also selber etwas einfallen lassen, Sätze, die er Menschen in den Mund legte, obwohl er niemanden dazu gefunden hatte.

Es würde schon schiefgehen. Er machte sich Mut. Von Hass keine Spur.

Dassia saß derweil in ihrem Home-Office und war mit Zahlen beschäftigt, Diese würde sie zu Artikeln ummodellieren. Sie meinte, dass man danach weniger kapieren würre als vorher. Aber die Auftraggeber wollte es so. „Während 400.000 noch vor der Jahreswende ihre Öltanks auffüllten, waren es

320.000 nach dem 7. Oktober, wodurch eine Steigerung von 18 % weniger deutlich wurde, als hätte man 2021 einen Liter mehr auf 220.000 Tanks gegossen." Solche kuriosen Sätze brachte sie dann hervor. Durchaus auch absichtlich.

Adelinde schüttelte nur den Kopf: „So etwas schreibst du? Hast du denn allen Stolz verloren? Auch alle Scham?"

Dassia schämte sich dann, gewiss, aber die „reine Lehre", die machte eben nicht satt. Sie musste ja irgendwie Geld herbekommen. Ihre Halbtagsstelle bei der Invitro Vario GmbH war ausgelaufen, die war auf 6 Monate befristet gewesen, hatte wohl mit einer Schwangerschaft zu tun. Dann war die Mutter also nach 6 Monaten wieder da und sie, Dassia, war weg. Rausgepurzelt ... aus dem Job.

Adelinde wollte selber ein Kind, mit Börni, aber sie konnte sich nicht festlegen, wann es eines werden würde. Dafür hatte sie aber Kontakte zu einem Anwalt. Man wusste nicht, woher das kam. Sie sagte es auch nicht. Wieso auch?!

Adelinde war mit Hüten beschäftigt. Sie nähte da vor sich hin, war keine ausgebildete Modistin, schien etwas via Internet zu verkaufen, aber ein Ladenlokal gab es nicht. „Wer soll sich das denn leisten? Bei den Energiekosten?! Die Mieten steigen auch, ja, auch im Gewerbe. Außerdem nutzt es mir nichts, in einer leeren Innenstadt zu sitzen, wo die Parkkosten steigen und die Hälfte der Ladenlokale leer ist. Da käme ja auch keiner."

Adelinde und Dassia hatten eigentlich immer was vor, sie fuhren gerne zu Musikkonzerten, auch mal 200 Kilometer, um wen zu hören. Aber Dassia hörte gerade dieses aus dem Gerät:

Der Iran hat die Hinrichtung eines zweiten vor dem Hintergrund der landesweiten Proteste Festgenommenen bekannt gegeben. Der Mann war dafür verurteilt worden, am 17. November in Maschhad zwei Angehörige der Sicherheitskräfte erstochen und vier weitere verletzt zu haben. Der Vorwurf lautete „Moharabeh" - „Krieg gegen Gott". Darauf steht die Todesstrafe.

Ein Bericht des dem Justizwesen unterstellten Nachrichtenportals Misan nannte kein Motiv für den angeblichen Angriff. Der nun Hingerichtete sei bei dem Versuch festgenommen worden, ins Ausland zu fliehen.

Ja, sie überlegten nun, nach Berlin zu fahren. Der Iran war weit, Berlin aber auch. Mercedes-Benz-Arena, am 20. Februar 2023. Robbie Williams. Aber das dürfte mit allem Drum und allem Dran doch sehr auf das Portemonnaie schlagen. Dassia überlegte schon, abzusagen. Sie mussten so viel sparen, da konnten 300 Euro oder 350 Euro für ein Konzert samt Anreise und Übernachtung wohl kaum gut sein. Also auch nicht „richtig" sein. Es war Luxus. Man könnte dafür etliche Fensterscheiben bezahlen, die die Menschen in der Ukraine dann in der fast zerschossenen Wohnung einbauen könnten.

Aber sie hatte noch nie davon gehört, dass Scheiben eingebaut werden und Westeuropäer dafür Geld bezahlen. Eine „Aktion Scheibenspende" wäre am Ende auch seltsam. Aber zu vieles war doch derzeit so „strange". Die machen alles kaputt, diese Kriegsmacher aus Russland, und die Ukrainer machen es wieder ganz, sofern es geht. Also kaputt und ganz, oder halbwegs nur ganz. Du brauchst ja auch genug Maschinen und Ersatzteile. Und Reparierende.

Kaum fließt der Strom halbwegs wieder, kaum sind die Scheiben durch Holzbretter ersetzt, wird schon wieder was kaputtgeschossen. Kaputt und noch kaputter. Oh, du böses Russland. Was tust du?

Eine größere Sinnlosigkeit der Existenz kann es doch gar nicht geben. Aber es sterben ja auch Leute, Zivilisten, auch Kinder, dann Folterungen,

Gewalt, die ganze Latte des Schreckens. Das ist jenseits der Sinnlosigkeit: totale Grausamkeit.

„Dassia, wenn du von der Latte des Schreckens sprichst, würde ich lieber von einem Latte macchiato sprechen."

Adelinde konnte seltsame Dinge sagen.

Kannte sie überhaupt Mitgefühl?

Dassia fühlte, dass ihre Finger klamm waren. Sie musste etwas tippen, aber die Finger waren von der Kälte in ihrer Beweglichkeit eingeschränkt.

Sie telefonierte immer noch mit Adelinde: „Ich wusste gar nicht mehr, wie Kälte funktioniert. Aber nun spüre ich es hautnah, und das nicht beim Skifahren, sondern drinnen, zudem in meiner eigenen Mietwohnung."

„Gehört die euch?"

„Nein, wir mieten, aber es ist ja unser Ort, wo wir uns aufhalten. Deshalb auch die eigene Wohnung, ganz anders als irgendwo draußen in der Welt. In der Fremde."

„Du, mit dem Anwalt die Sache. Da weiß ich nicht recht weiter."

„Was denn? Wie denn?"

„Der wollte mich gestern noch angerufen haben, aber es kommt nichts. Ich probiere heute selber, den zu erreichen. Aber da ist nichts. Es geht keiner dran, auch nicht die Vorzimmerdame. Seltsam ist es ja doch!"

„Ich könnte mir bei einem Anwalt immer vorstellen, dass der sich verdünnisieren muss. Da hat er wen beraten, und es war irgendwie nicht ganz legal, und dann muss er sich verdünnisieren. Es stehen ja andauernd Leute vor Gericht, dauernd, auch wegen Korruption, und so ein Anwalt, der muss ja dann für seine Klienten einstehen. Also, da kann ich mir einiges vorstellen. Wie heißt der denn?"

„Das darf ich dir doch nicht sagen. Das weißt du doch."

„Ach so, berät der dich auch für deine Hütchen?"

„Dassia, du willst mir doch nicht unterstellen, ich sei eine Hütchenspielerin. Dein Humor ist unerträglich. Wie geht es Mama Henriette überhaupt?"

„Du, wie immer, so vermute ich. Morgen will ich mal wieder hin, aber bis morgen ist es noch lange."

„Wenn ihr ganz ohne Heizung lebt, dann kann es sein, dass ihr zwei morgen schon an Kälte verstorben seid. Übertreib es also bitte nicht!"

„Noch geht es ja, nur die Finger sind so klamm. Wie soll man da einen Artikel zusammenschreiben?"

„Eben. Sprich es doch ein. Es gibt heute so gute Software. Da ist dann egal, ob die Hände abfrieren.

Man spricht die Texte. Fertig!"

„Software muss man aber auch dann wieder bezahlen: Das weißt du doch!"

„Und Robbie nicht?!"

„Das wollte ich dir auch noch sagen, Adelinde, das wird wohl eher nichts. Man muss da ganz pragmatisch rangehen. Ich kann mir das derzeit nicht leisten. Die Konzerthallen sollen sowieso oft halbleer sein, weil die Leute aufs Geld achten."

Adelinde schien gar nicht enttäuscht.

„Ja, auch ich hatte schon solche Gedanken."

Ivo Hass war wirklich schlecht drauf. Die Fotos von dem Tanklastwagen, der auf der Seite lag und die ganze Straße versperrte, waren wirklich nicht gut. Bei solch diesigem Wetter ging es kaum. Oder man war Profi und hatte ein Stativ und kannte die entsprechend langen Belichtungszeiten. Das würde den ganzen Tag andauern, vielleicht noch morgen. Na, fein! Das kann man dann abends im Fernseher sehen, in der „Lokalzeit" vielleicht. Außerdem sollte die Bahnlinie neben der Straße gesperrt werden. Da würden dann etliche Züge umgeleitet, Verspätungen wären selbstverständlich, wie stets. Am Ende würde der ganze Bahnverkehr in der Region zusammenbrechen. Dabei galten doch nun neue

Fahrpläne. Seit dem 11.12.2022. Wie sollte das zusammengehen? Das alles?

Sonderzüge und weitere Maßnahmen rund um Weihnachten und die Feiertage 2022

Weihnachtszeit ist Reisezeit. Um dem höheren Reiseaufkommen gerecht zu werden, ergreift die Deutsche Bahn folgende Maßnahmen:

Mit dem Fahrplanwechsel Mitte Dezember stehen täglich 13.000 zusätzliche Sitzplätze zur Verfügung

Auf stark nachgefragten Verbindungen werden rund 80 Sonderzüge mit 40.000 zusätzlichen Sitzplätzen eingesetzt

Bis Weihnachten wird das Serviceteam um rund 800 neue Mitarbeiter:innen aufgestockt

Die zusätzlichen Züge können ab dem 25.11.2022 auf bahn.de gebucht werden.

Natürlich gab es von der Bahn wieder allerlei Ankündigungen, wie toll alles sei oder werde. Immerzu dasselbe Spiel.

An der Sperrung wegen des Tanklasters, da war natürlich nichts zu machen. Man wusste aber per se, wenn die Strecke bis 16 Uhr wieder freigegeben werden würde, dann war es real erst mitten in der Nacht oder einen ganzen Tag später. Diese ganzen

Ankündigungen und Meldungen, das war oft reinster Sprachmüll. Die Leute sollten irgendwie abgefüttert werden. Diejenigen auf den Bahnhöfen, die wussten oft gar nichts. Da blieb der Zug weg und die standen dann recht blöd, also unwissend, rum. Und selbst auf der aktuellen Bahn-App bekamen sie keine Informationen, außer: Bahnstrecke gesperrt. Nicht mehr aber. Selten kam da mal mehr.

Ivo hatte aber gehört, dass es auch noch zu einer Sperrung der Autobahn kommen würde. Wieso? Weil Spezialfahrzeuge über die Autobahn herangeführt würden, um dann ausschwenken zu können, um die parallel laufende Straße zu erreichen, um so dann mit dem Bergen zu beginnen.

Damit wären die Klimakleber heute gar nicht mehr nötig, denn die Sperrung würde per se erfolgen, durch „höhere Gewalt", wenn man so wollte.

Wäre die Autobahn gesperrt, wäre das gut, weil es weniger Abgase gäbe. So sollte man denken. Allerdings: Die lassen doch alle den Motor laufen, um es im Auto warm zu haben. Dann wird vielleicht noch mehr ausgestoßen, von diesem Kohlendioxid.

„Man macht es immer verkehrt. A positiv hat immer B negativ mit dabei. Oder andersrum."

Diese Weisheit, die Ivo selber aufgestellt hatte, sollte sich neu und neu bewahrheiten.

Selbst wenn man meinen würde, eine gestaute Autobahn hätte etwas gutes für die Natur (wir lassen also die Motorsache wegen Autoheizung außer Acht), dann hatte der Unfall des Tanklasters ja für schlimme Chemikalien auf der Straße gesorgt. Vielleicht floß alles noch ins Grundwasser. Das war doch insgesamt eine mehr als nur unschöne Sache.

Ivo machte sich auf den Rückweg. Eigentlich hatte er das mit den Klimaklebern auch gar nicht erleben wollen. Der Geruch von Klebstoff, der machte ihn immer so unpässlich. Dann stieg seine schlechte Laune so sehr.

Ivo rief aber noch Silis in der Redaktion an. Ja, die Fotos von dem Tanklastwagen würde er ihm dann in Ruhe von zu Hause aus überspielen.

Außerdem dachte er: Die nehmen ja doch immer Fotos von dpa, das machen die vielleicht auch in diesem Fall. Wer weiß es? Haben den eigenen freien Reporter vor Ort und nehmen am Ende dann doch Material von irgendwelchen Agenturen! Ja, auch dieser Gedanke führt bei Ivo zu etwas von einem neuem Hass, auf alles, auf die Welt, auf das Leben. Auf die Menschheit sowieso, alles Idioten.

Dassia erfuhr per SMS, dass Ivo nach Haus käme. Jetzt schon. Also in rund 50 Minuten, vielleicht auch in einer Stunde.

Zeit kostete ja nichts.

Es klingelte in der Kriegerstraße 54, 3. Stock.

Unten? Oben?

Sie spürte, dass jemand oben vor der Tür stand.

Der Blick durch das Guckloch. Es war Müller-Arnold von der Hausverwaltung. Also: Tür auf.

„Guten Morgen, Frau Rössler. Ich gucke nur wegen der Heizerei."

„Und was soll sein? Wir haben alles abgedreht."

„Nun ja, da liegt der Haken. Deshalb klingele ich auch. Wir brauchen eine gewisse Restwärme. Sie sollen nicht alles ganz abstellen. Sonst frieren uns bald noch die Leitungen ein."

„Ich verstehe. Und wie wäre es richtig?"

„Sie haben drei Zimmer, Küche, Diele, Bad, und wahrscheinlich sechs oder sieben Heizkörper. Was hielten Sie davon, wenn sie drei davon auf kleine Zahl stellen. Auf 1 oder 2 am Heizkörper selbst?! Das wäre schon was. Davon einen im Bad, wo ja Wasser läuft."

„Gut, wenn Sie es so wünschen. Ich muss aber noch mit Herrn Hass darüber sprechen."

„Herr Hass? Wer ist Herr Hass?"

„Das ist mein Partner."

„Ach so, ich dachte Sie heißen beide Rössler. Also

gut, Hass, hört sich etwas komisch an."

„Aber die Welt ist voller Hass!"

„Ich weiß. Schlimm, alles nur schlimm. Und den Brief von uns wegen der Abrechnung haben Sie auch bekommen? Da wird 2023 aber einiges wohl draufgeschlagen werden, das muss Ihnen und dem Herrn Hass ja klar sein. Das liegt aber nicht an uns, da müssen Sie Herrn Putin anrufen. Oder den Kanzler, Herrn Scholz. Vielleicht auch den Papst. Wir als Hausverwaltung könnend da gar nichts für."

„Das wissen wir doch. Es wäre nur schön, wenn Herr Ablich nicht immer die Fenster aufreißen würde. Da kann auch die Hausverwaltung was tun."

„Ja, aber die Sache mit Herrn Ablich ist äußerst komplex. Unser Anwalt ..."

Er sprach nun auch von einem Anwalt, wie seltsam aber auch. Alle sprachen immerzu vom Anwalt. Man hatte ja letzte Woche den Wirecard-Prozess in München-Stadelheim eröffnet. Wie viele Anwälte mochten da sitzen? Bei Wirtschaftsprozessen sitzen ja je Angeklagtem immer zwei oder drei oder vier Anwälte. Armadas!

Dassia sagte aber nichts weiter.

Sie war froh, als sie Müller-Arnold von der Hausverwaltung endlich los war.

Als Konsequenz dreht sie genau einen Heizkörper auf „1", und zwar den im Bad.

Wenn Ivo wieder da wäre, würden sie darüber sprechen.

Ivo kam auch recht bald. Er regte sich unmäßig auf. Mit Müller-Arnold hatte er seinen extra Privatstreit. Diese Aufforderung, drei Heizkörper aufzudrehen, führte bei ihm zu einer General-Empörung. Seine vollen, schwarzen Haare wirkten extra tiefschwarz, seine eher blasse Gesichtshaut wirkte angerötet.

Es blieb bei dem einen Heizkörper im Bad.

Von der Verbraucherzentrale gab es 10 Tipps, um Heizkosten zu sparen. Ivo hatte nur Tipp 1 gelesen.

1. Thermostat richtig einstellen

Stellen Sie das Thermostat auf die gewünschte Raumtemperatur ein. Ist diese höher als erforderlich, verbrauchen Sie unnötig Energie. Und jedes Grad weniger senkt Ihren Verbrauch um etwa 6 Prozent.

Stufe 1 entspricht etwa einer Temperatur von 12 Grad. Der Abstand zwischen einer Stufe beträgt dabei etwa 4 Grad, die kleinen Striche dazwischen markieren jeweils ein Grad. Stufe 5 entspricht also bereits etwa 28 Grad.

Im Wohnzimmer sind wohlige 20 Grad perfekt, im Schlafzimmer reichen oft auch nur 18 Grad, in weni-

ger genutzten Räumen sogar 16 Grad! Niedriger sollte es nicht werden, da sonst Schimmel droht.

Ein programmierbares Thermostat hilft Ihnen beim Sparen. Hier können Sie die genau Temperatur einstellen oder auch Uhrzeiten, zu denen geheizt werden soll. Mehr Informationen zu Thermostaten und Anleitungen, wie Sie dieses einfach austauschen können, finden Sie in unserem Artikel Heizkosten sparen: Thermostat richtig einstellen und wechseln.

Damit hatte sich die Sache aber schon erledigt. An was sollte er denn noch denken? Sein Kopf war mehr als voll.

Aktuell wollte er erst einmal die Fotos überspielen: Dazu musste er den Fotoapparat an den Computer anschließen, die Fotos überspielen und dann zehn Stück davon für den WA aussuchen: Danach diese an Silas Gnaas überspielen, etwas Text würde wohl auch noch gebraucht, zumindest diese Augenzeugen-Zitate, wenngleich er von acht Zitaten drei selber erstellt hatte. (Vom Fälschen wollte er dabei nicht sprechen, das Erstellen hörte sich besser an.)

Als er dann saß und sich mit der Technik abmühte, spürte er wieder diese Kältewelle von unten. Er murrte. Man konnte es hören. Dassia, die in dem anderen Zimmer saß, eigentlich das Schlafzimmer, die spürte den Kältezug auch, aber weniger stark. Ivo hatte seinen Schreibtisch im größeren Zimmer, dem sogenannten Wohnzimmer, und ihm froren die Füße doch sehr.

Er überlegte, ob er nun runtergehen und klingeln sollte. Das würde Streit hervorrufen. Eine Art von Szene auf jeden Fall. Wollte er diesen Streit nun haben? Wollte er ihn jetzt haben? Heute haben?

Unschlüssig blieb er, sehr unschlüssig.

Erst einmal die Fotos und den Text zu Silas abschicken, dann weitersehen.

Dassia mühte sich zeitgleich mit ihrem Zahlen-Text, sie hatte überhaupt keine Lust. Solange sie an dem Text arbeitete, musste sie aber nicht an den nächsten Besuch bei der Mutter denken: Das war auch ein Vorteil.

So konnte ein Nachteil ein Vorteil sein, wenngleich ein kleiner. Den letztlich war der Zahlentext auch ein Nachteil, der über und über auf ihrer derzeitigen Existenz lastete. Spontan würde sie Mutter, Zahlen, Kälte nennen, als größte akute Nachteile. Dann noch die Inflation hinzu.

Wieder zog kalt die Luft heran, von unten. Jetzt spürte sie es auch. Dann musste Ivo es doppelt spüren.

So saßen also beide in zwei Zimmern und arbeiteten vor sich hin. Dassia könnte immer mal mit Adelinde telefonieren, aber wen konnte Ivo anrufen?

Ivo hatte im Fernseher geguckt, ob schon was kam. Aber es kamen nur Klimaklebersachen aus anderen Städten. Der Tankwagen, der umgestürzte, fand sich nur indirekt , nämlich im Internet bei den Verkehrsmeldungen.

Ansonsten der übliche Lärm der Welt. Und der arme tote Mensch im Iran, hingerichtet. Aber auch noch was Neues.

Nach der Amtsenthebung des Präsidenten in Peru ist bei Protesten ein Flughafen lahmgelegt und teilweise in Brand gesetzt worden. Ein Mensch kam nach Angaben der Polizei ums Leben. Nach Medienberichten forderten die Randalierer unter anderem den Rücktritt der neuen Staatspräsidentin Dina Boluarte sowie Neuwahlen.

Am Samstag vereidigte Boluarte, Perus erste Präsidentin, ihr Kabinett und ließ die Minister dabei schwören, nicht korrupt zu sein. Mittlerweile hat sie den Forderungen nachgegeben und vorgezogene Neuwahlen in Aussicht gestellt.

In einer im Fernsehen ausgestrahlten Ansprache

erklärte sie am Montagmorgen, sie werde dem Kongress vorschlagen, die Wahlen vorzuziehen.

Peru war so weit. Aus Peru kamen alle Jahre wieder Meldungen über die Präsidenten. Nun war es mal die Präsidentin. Aber nie waren es gute Meldungen. Eigentlich durchschritten etliche Länder, allein schon von der Politik her gedacht, etliche Täler. In der Masse wurde das alles unerträglich. Man fragte sich, warum man sich das alles durchlesen, anhören, anschauen sollte. Aber es war ja alles voll von Meldungen.

Auch bezogen auf die Startseiten, die man üblicherweise hatte, seien es web.de, tageschau.de oder ntv.de oder msn.com oder was immer. Überall ploppten dann Eilmeldungen auf, „Eil", das konnte auch das Bein des Torwartes Neuer betreffen, gebrochen das Bein, aber offenbar beim Skifahren, nicht beim Fußball. Eil, dass Neuer ausfällt, jetzt bei seinem Club, die ganze Restsaison, alles ist eilig, eilig, eilig. Eil, Eil, Eil.

Warum konnten sich Dassia und Ivo denn nicht einigen, endlich mal auf diese ganze Nachrichtensoße zu verzichten?!

Ivo sagte dann immer, er sei doch bei der Zeitung WA, und als freier Schreiber müsse er doch wissen, was abgeht. Das sei ja doch schon irgendwo nötig.

Dassia sagte, für ihre Zahlenartikel sei ein Zugang zur Lage der Welt auch bedeutsam. Man müsste ja Zahlen in das große Ganze einbinden, anders ginge es nun mal nicht.

Adelinde, die hätte auf Zahlen verzichten können, wo sie doch nur Hüte nähte. Adelinde aber meinte, nein, nein, nur nähen, das sei ihr zu wenig, da würden die Menschen sie abschreiben. Es wäre ihr Anspruch, über alles und jedes informiert zu sein, da gehöre die Tour von Robbie hinzu, gewiss, aber auch die Präsidentin von Peru. Immerhin sei es ja eine Frau. Nun gut, Katar, das müsse weniger sein, zumal Fußball. Aber in Katar ginge es am Ende auch um die Lage der Frau. Das wolle sie dann doch wissen. Iran sowieso, und auch der 80. Geburtstag von Alice Schwarzer, der sei gewiss mal ein Thema.

Wieder die Klingel, Dassia eilte hin, der Blick durch den Türspion. Frau Wisselfeldinger. 1. Stock.

Dassia öffnet.

„Mit Ihnen hätte ich aber nun gar nicht gerechnet."

„Frau Rössler, ich will eigentlich gar nichts. Aber es ist ja so kalt. Da wollte ich nur fragen, wie Sie es halten."

„Wir machen es wie alle. Heizung runter." Auf diese unverbindliche Art wollte Dassia da rauskommen. Wisselfeldinger schien nachzugeben, wollte abdrehen, sagte aber dann doch etwas: „Wenn der Ablich die Fenster immerzu aufreißt, dann brauchen wir auch gar nicht erst zu heizen."

„Sie meinen, weil es sich dann gar nicht erst heizen lässt."

„Genau, Sie können dann im Bad auf die ‚1' drehen. Aber das ist dann genau dasselbe, als hätten Sie die Heizung auf ‚0' gelassen. Also: Sollen wir dann nicht lieber die Heizung direkt auf ‚0' lassen? Was meinen Sie?"

„Da muss ich noch mit meinem Partner drüber reden."

„Sie meinen Herrn Hass?"

„Ja, genau den."

„Ich dachte, Sie wären verheiratet."

„Nein, sind wir nicht, aber das ist auch gar nicht wichtig."

„Ja, jeder so, wie er denkt. Nur, der Herr Ablich, mit seinem Fensteraufreißen, das muss ja wirklich nicht sein."

„Das sehe ich ebenso, aber ich muss noch mit Ivo, also mit Herrn Hass, darüber sprechen."

„Und wann soll das geschehen?"

Frau Wisselfeldinger hatte eine seltsame Art, die Worte zu betonen. Dassia dachte, sie könnte durchaus mal aus der Ukraine nach Deutschland gelangt sein. Oder aus Russland. Dann aber vor einigen Jahren oder Jahrzehnten schon, denn man hört keinerlei Akzent. Es sind bei ihr eben nur manche Worte so seltsam überbetont.

„Bald, heute noch, denke ich."

„Schön, wir müssen da etwas tun, gegen den Herrn Ablich. So kann es nicht weitergehen: Der reißt gefühlt 55 Minuten das Fenster auf und dann bleibt es 5 Minuten zu. Und das in solchen Zeiten!"

Dassia dachte nun: Dann ist es nicht Ivo allein, der ein stark ungutes Gefühl auf diesen und zu diesem Ablich hat. Es sind noch mehr Leute. Das wusste ich ja gar nicht!

Frau Wisselfeldinger hatte stark rot gefärbte Haare, aber das wirkte bei ihr nicht unangenehm. Sie hatte etwas Freches so bekommen, äußerlich. Von der Art der Spreche erinnerte sie an diese Autoverkäuferin aus dem Fernsehen, die immer mit „Rostlaube" daherkam. Diese aber war Griechin, und bei Frau Wisselfeldinger dachte man, wenn überhaupt, dann an Ukraine, Russland, Weißrussland, was es eben so gab ... an Staaten. Wenn die natürlich mal aus der Ukraine kam, und jetzt ist da der schlimme, böse Krieg von Putin und seinen Genossen, oh, dann sieht alles wieder ganz anders aus.

„Also, Frau Wisselfeldinger, wir denken darüber mal nach."

Die Haustür wurde wieder geschlossen. Aus dem Treppenhaus hatte es extra kalt in die Wohnung gezogen. So als ob unten die zentrale Haustür auch noch offen stand. Da wusste man gar nicht, wo man wie frieren sollte.

Frau Wisselfeldinger hatte noch nie geklingelt. Auch das erwog Dassia. Wieso kam es nun dazu? Sollte die Kälte alle Menschen neu zusammenbringen? Oder dreht man im Innersten die Heizung deshalb hinunter, um mit den Menschen in der Ukraine eins zu sein? War es Solidarität? Tiefenpsychologisch? Schämten sich die Menschen, eine geheizte Wohnung zu haben? War das Geld bei vielen doch nicht so knapp?

Sie hätte gerne mit Ivo gesprochen, aber sie wusste, dass es besser sei, wenn man ihn seine Sachen für den WA machen ließe. Da war es kaum förderlich, wenn man weitere Probleme aufwühlen würde. Ivo war für sein aufbrausendes Wesen bekannt. Sie fürchtete, dass Ivo irgendwann von seinem Stuhl aufspränge, nach unten liefe, um dann da bei Herrn Ablich gegen die Tür zu hauen, mit bloßer Faust. Und das noch vor dem Betätigen der Haustürklingel.

Neugierigerweise schaute sie nun erneut auf das Thermometer. Es war weiß, musste eigentlich irgendwo an der Wand angeschraubt sein und könnte qua Anzeige natürlich auch etwas danebenliegen. Diese blaue Flüssigkeitssäule zeigte nun eher 15 Grad an, nicht mehr die 16. Es war aber auch draußen offenbar allgemein recht kalt geworden.

15 Grad, aber sie wusste nicht, wie geeicht das Thermometer am Ende war.

Dassia überlegte nun, ob sie doch noch weitere Heizkörper hochdrehen müsste.

Sie rief mal wieder Adelinde an.

„Wie machst du es denn?"

„Mit dem Heizen?"

„Ja, da haben wir noch nie drüber gesprochen."

„Du weißt doch, dass es bei mir weniger dringlich ist, bezogen auf Geld, wie bei euch. Börni verdient eigentlich ganz gut, als Systemadministrator, sehr gut sogar. Wir heizen ein bisschen weniger, also ‚4' statt ‚5', eher diese Richtung. Aber vom Finanziellen ist es für uns nicht so schlimm wie für andere Leute. Sorry, aber so ist es nun mal."

„Gibt es bei euch denn Leute, die notorisch das

Fenster aufreißen?"

„Nein, wie kommst du auf so etwas?"

„Wir haben hier den Herrn Ablich, der tut das immerzu."

„Vielleicht war der mal in einem Gaskrieg."

„Du machst aber seltsame Scherze. Das ist doch sonst eher meine Art."

„Gewiss, gewiss, aber irgendwoher muss es ja kommen. Wer verpulvert denn alle Hitze ohne Grund?"

„Verpulvern? Kommt das nicht von Schießen und Schießpulver?"

„Na gut, dann eben verschwenden."

„Wie soll es nur weitergehen?"

„Ich hoffe: gut. Die können doch nicht ewig Krieg führen. Oder doch? Ich muss auf jeden Fall Hüte verkaufen. Da ist kühleres Wetter besser als wärmeres Wetter. Insofern hat die Kälte für mich Gutes, aber für die Ukrainer natürlich Schlechtes. Zumal ohne Fenster und so weiter."

„Ich frage mich da, wie es meiner Mutter dann ergeht."

„Deiner Mutter? Im Heim? Nun ja, schwer zu sagen. Vielleicht nimmt die die Kälte mit ihrem verwirrten Kopf gar nicht so wahr wie wir."

„Immerzu: vielleicht. Wir ersticken noch in dem

Vielleicht."

„Aber, Dassia, wer soll dir denn da andere Antworten geben? Ich weiß natürlich nicht, welche Temperatur die Heimleitung real angestellt hat. Vielleicht müsste man da mal messen."

„Du meinst, ich soll ein Thermometer mitnehmen?"

„Schaden würde es jedenfalls nicht. Du könntest dann mit dem Anwalt klagen, wenn es zu niedrig ist."

„Klar, mit dem Anwalt, den du selber nicht mehr erreichst. Vielleicht hat er ja mit der Reichsbürgersache zu tun. Oder auch mit den Vorgängen um die Korruption bei dieser Vizepräsidentin in Brüssel."

„Ich glaube, du hättest das gerne, damit eine tolle Story für Ivo herausspringt, und den WA."

„Eigentlich ist alles nur traurig."

Dassia beendete das Gespräch. Sie musste was schreiben. Aber es wollte nicht recht gelingen. Gewiss, es gab draußen nun etwas Sonnenschein. Aber das beflügelte sie eher in dem Wunsch, nun vor die Tür zu gehen und dem Schreibtisch zu entkommen.

„Ivo, ich bin mal kurz raus", rief sie, griff den halblangen grauen Mantel und war weg.

Der Dezember 2022.

Man sprach bereits von Weihnachten, die Anzeigen, auch im Straßenbild: Überall ging es um Weihnachten, um Schenken, um Angebote. Der „Black Friday" war schon vergangen, aber es sollte natürlich dauernd gekauft werden.

Kaufen heizt die Wirtschaft an, aber Kaufen heizt leider auch das Klima an. Jede neue Ware ist letztendlich auch eine Anheizung des Klimas, alles, was man produziert, überall, wo etwas getan wird, da droht eben auch, dass das Klima beschädigt wird.

Ja, das hörte sich komisch an. Am Ende aber war es so. Außer, ich bin Ackerer mit uraltem Gerät. Bei solchen Dingen ging es kaum negativ ums Klima. Vielleicht noch bei der Frage, ob man Dünger aufbringt und welchen Dünger man wählt.

Ansonsten aber musste ja immer etwas bewegt werden, ein Auto, eine Maschine, auch beim Computer ging es um Strom, immerzu, dann die verbrauchten Rohstoffe, die ja dann unwiederbringlich weg sind. Ich kann vielleicht noch Jahrzehnte Gas fördern, aber dann ist es eben auch weg. Futsch! Aber Erze da, Kohle dort, seltene Erden hier. Alles ist dann mal weg.

Da müssten dann schon Raketen ins Weltall ausschwärmen und von irgendwoher solche Rohstoffe besorgen. Was das kostet?! Und die Raketen brauchen ja auch massig Treibstoffe, welcher Art auch immer.

Deshalb wollte Dassia nun auch ganz bescheiden leben. Ganz, ganz bescheiden. Hüte von Adelinde waren da auch nicht drin, ein Hut als Schmuckstück, das war ja auch sinnloser Verbrauch von irgendetwas.

Sie schaute beim Verlassen des Hauses nach oben, ja, die Fenster im zweiten Stock, die standen wieder so richtig auf. Unglaublich, dass es so etwas geben konnte. Da müsste doch mal die Polizei vorbeifahren, ein Streifenwagen, die würden dann klingeln, nach oben stürmen, den Herrn Ablich festnehmen und ihn als Klimaverschwender vor Gericht bringen. Das müsste ein Jahr Haft ergeben.

Dassia wollte nur zwei Liter Milch kaufen, nicht mehr. Damit würde sie sich schon mal einen Kakao machen. Das würde sie dann wenigstens mal von innen erwärmen. Das wäre doch ganz schön.

Die Milchpreise hatten sich auch deutlich erhöht. Wenn es denn Kühen dann besser ging, dann war es ja gut. Sollte die Erhöhung aber nur den Transport betreffen, dann wäre es weniger gut.

Sie stellte sich immer Bauern vor, die Schweine halten, auf engster Fläche, in engsten Verschlägen, oder Kühe, Tierquäler also, die immerzu über Kosten sprechen, es ginge leider nicht anders, aber doch Tierquäler sind, und sie werden im Ort gegrüßt, das dann doch, als wären es normale Menschen. Dabei müssten die so geächtet werden ... wie der Ablich, welcher einer der größten Klimaverschwender überhaupt ist, mit seiner Fensteraufreiße.

Die Klimakleber könnten sich doch mal bei so Leuten ins offene Fenster kleben, das wäre dann mal sinnvoll, anstatt jeden x-beliebigen Menschen zu ärgern, der da und dort auf der Autobahn ist.

Dassia kaufte die Milch, sie nahm die bessere, wo auch etwas mit „Bio" draufstand, sie zahlte 1,59 Euro je Liter. Zwei Liter kaufte sie, und so ging sie mit vielen Gedanken wieder nach Hause. Es waren ja nur zwei Straßenecken, also nicht weit.

Sie schaute wieder von unten zu den Fenstern des Herrn Ablich. Immer noch alles auf. Neben ihr stand ein Rentner, der sich ihrem Blick anschloss.

„Manche Leute haben es eben", meinte der.

„Den Eindruck kann man haben, gewiss, aber wir wohnen auch in dem Haus. Wir haben es nicht sehr dicke."

„Sie meinen, weil der das ganze Haus auskühlt?"

„Genau das. Sie nehmen mir meine Gedanken aus dem Mund."

„Ich war beim Militär. Wir haben dann immer gesagt: eins auf die Fresse! Aber so macht man es heute nicht mehr. Heute geht es nur noch via Anwalt ... ich hoffe, Sie haben schon einen."

„Wir hatten. Wir dachten, einen zu haben. Über meine Freundin, wissen Sie. Aber der ist, so scheint es, nun weg. Seltsame Sache. Dabei wollten wir das Heim meiner Mutter verklagen. Also, wollen ja nicht, aber wir müssen es wohl."

„Wegen der Kälte heizen die unter 19 Grad?"

„Nein, wegen allem, die Lage ist doch so schwierig, gerade auch in diesem Heim. Im Elfriede-Sichmann-Heim."

„Kenn' ich, da hat meine Schwester ihren Mann auch untergebracht. Die sollen aber 19 Grad haben. Meine Schwester hat extra ein Thermometer mitgenommen und nachgemessen."

„Und sonst?"

„Es droht der Umzug nach Dichlingen, also ein Teilumzug. Aber dagegen hat meine Schwester einen Anwalt ..."

Dassia hatte eine Idee.

„Dichlingen! Darum geht es bei meiner Mutter doch auch. Da könnte man doch eine Sammelklage einreichen. Vielleicht geben Sie mal die Telefonnummer von Ihrer Schwester, dann kann ich die anrufen."

„Eigentlich ja, aber die leidet unter Long-Covid. Da ist das dann am Ende doch keine so gute Idee. Sie hat es schwer mit dem Atmen, also auch mit dem Sprechen. Und E-Mail und Chat und solche Sachen, da hat die nie den Zugang gefunden, die ist jetzt auch 76 Jahre. Das dürfen Sie nie unterschätzen."

„Macht die denn WhatsApp?"

„Ich denke eher: nein. Ich muss aber weiter. Und mit dem Fensterschnösel", er schaute nach oben, „da müssen Sie was gegen machen."

Dassia musste also wieder in die kalte Wohnung.

Sie hatte zwei kalte Milchpackungen in der Hand. Sie würde wahrscheinlich auf einen unzufriedenen Ivo stoßen.

Von unten käme die Kälte des Herrn Ablich in den Fußbereich ihrer Wohnung. Dann würde man doppelt frieren. Kaum zu glauben das alles. Putin aber saß warm und breit im Kreml. Was würde passieren, wenn man sich im Kreml wohin klebte. Man käme ja nicht hinein, gewiss. Aber als Gedankenspiel ...

Die würden einen wahrscheinlich so vom Boden reißen, dass die Haut an den Klebestellen mit abgezogen wird. Ein schrecklicher Gedanke.

Ivo war mit seinen Fotos durch. Silis, sein Chef bei der Zeitung quasi, der soll sogar zufrieden gewesen sein. Eins war schon auf der Homepage. Das hätte er eigentlich schon direkt vom Tanklaster schicken sollen, wenn es nach Silis gegangen wäre.

Das war dem Ivo aber zu viel an Stress. Stress musste man vermeiden, so oft es ging. Je mehr Stress, desto mehr Verbrauch von allem. Klimamäßig gedacht sollte man Stress also meiden.

Dassia wollte wissen, ob er denn noch die Tannenbaumreportage heute schreiben würde. Thema: Verkauf im Stadtteil. Wer? Wo? Was? Dann: Nordmanntanne ja oder nein? Eigentlich derselbe Artikel wie jedes Jahr, aber letztes Jahr hatte Ivo nicht für den WA geschrieben.

Die Nordmann-Tanne bildet 3 bis 4 Millimeter lange, dunkel- bis rotbraun gefärbte, länglich-eiförmige Knospen aus. Die Knospen sind stets harzfrei. Sie stehen meist einzeln, aber auch zu zweit oder zu dritt an den Triebspitzen. Die Nordmann-Tanne besitzt starre, nicht stechende, 10 bis 30 Millimeter lange und 2 bis 3 Millimeter breite Nadeln. Sie sind oberseits glänzend dunkelgrün, unterseits hellgrün mit zwei markanten weißen Stomatastreifen. Die Nadelstellung hängt von der jeweiligen Position des Zweiges in der Krone ab.

Untere, beschattete Zweige besitzen scheinbar zwei-zeilige Nadeln. Zweige an höheren, lichtexponierteren Positionen haben spiralig angeordnete Nadeln. Diese decken die Trieboberfläche komplett ab und sind dachziegelartig angeordnet. Die Nadeln verbleiben zwischen sechs und sieben Jahren am Baum, ehe sie abfallen.

In der am 25. November 2006 ausgestrahlten Folge der Fernsehsendung „Frag doch mal die Maus" wurden an einer Nordmann-Tanne von 1,63 m Höhe, der durchschnittlichen Größe eines deutschen Weihnachtsbaumes, 187.333 Nadeln gezählt.

Aber immerhin hatte er sich schon mal eine Info aus Wikipedia geholt, immerhin das. Man durfte die Dinge auch nicht überstürzen. Er würde schauen müssen, wo es im Stadtteil Tannenbaumverkauf gab, und er würde zu ein, zwei Personen hinfahren oder -gehen müssen. Das könnte er auch morgen noch machen.

Ivo wollte die Dinge aufschieben. Zugleich wusste er, dass ihm die kalte Wohnung zu schaffen machen würde.

Dassia rief ihn herbei, sie hatte Kakao gemacht, und damit den einen Liter der Milch schon verbraucht. Dafür hatten beide aber nun jeweils einen halben Liter Kakao. Man musste die Dinge immer so sehen, danach aber auch anders sehen. Beiden war es bewusst, es war schon ihre Lebensmaxime geworden.

Die dauergeöffneten Fenster von Herrn Ablich führten zwar zu Frust und Frost bei den beiden, aber zugleich hätten sie diesen Kakao hier niemals getrunken, wenn es nicht so extra kalt nun wäre.

„Die Wisselfeldinger hat ja auch schon wegen der Sache bei uns geklingelt. Der Mann treibt alle hier auf die Palme. Leider ist diese Palme eine in einem ungeheizten Land, also eine Palme, die gar nicht überleben kann."

„Ich muss mich an den Tannenbaumartikel ran-machen, da muss ich mir den Kopf freihalten, mit dem Ablich."

„Ich habe auch nicht gesagt, dass du jetzt nach unten stürmen sollst."

„Denken könntest du aber so."

„Ivo, wenn einer den Namen ‚Hass' trägt, dann ja wohl du. Also würde man auch von dir eher erwarten, dass du nach unten stürmst, als von mir."

„Wieso gehst du vom Namen aus. Was kann ich für meinen Namen?"

„Nichts. Am Ende prägt es aber doch. Weil alle Leute über den Namen sprechen, eventuell dich ansprechen. Da bleibt doch eine Reaktion kaum aus. Würdest du ‚Klo' heißen, Wilhelm Dietrich Klo, dann wäre es auch doch irgendwie belastend."

„Mich hat aber mein Name noch nie belastet, das gehört zu der Ehrlichkeit ja auch dazu. – Ein Vorschlag: Wir machen einfach mal ganz laute Musik. Wenn der Ablich uns mit Kälte einhüllt, dann machen wir den mit lauter Musik fertig."

Ivo stürmte zur Musik-Anlage. Er spielte etwas von „Metallica", was man in diesem konkreten Fall vielleicht „Speedmetal" oder „Trashmetal" nennen müsste. Das war richtig laut, ja, gewiss, so richtig, verdammt laut.

Aber nichts passierte.

Kein Rufen, kein Schreien. Der kalte Luftzug vom Betonboden blieb allerdings auch.

Dann die Klingel, sehr hektisch ging die.

Ivo rannte nun zur Tür, im Spion dann Jenny Kehl von über ihnen die Wohnung.

Ivo machte auf: „Sorry, Jenny, dich wollten wir nicht beschallen!"

„Genau das habt ihr aber getan, genau das."

„Ich dachte, du bist bestimmt auf dem Bauamt, und zwar warm beheizt an deinem Schreibtisch."

„Wir haben doch auch die 19-Grad-Regel. Außerdem habe ich mich positiv getestet. Corona. Da darf ich eh nicht hin."

„Ich weiß, ich weiß. China und so. – Ich dreh mal kurz die Musik runter."

Nach der Lockerung der strengen Null-Covid-Strategie in China sinkt die Zahl der täglichen Ansteckungen nach offiziellen Angaben weiter. Die Nationale Gesundheitskommission meldete binnen Tagesfrist 8.838 Infektionen, am Vortag wurden noch 10.815 verzeichnet. Medienberichten zufolge müssen viele Krankenhäuser hingegen einen Ansturm von Infizierten bewältigen. In Metropolen wie Peking, Guangzhou oder Shijiazhuang erlebten Hospitäler „den ersten Schock einer gigantischen Welle von Infektionen und einen Mangel an Gesundheitspersonal", schrieb das renommierte Wirtschaftsmagazin „Caixin". Kliniken seien überfüllt. Patienten infizierten Ärzte und Gesundheitspersonal. Das Magazin schrieb von „Covid-Chaos".

„Nix China – Deutschland, wir haben es doch auch. Ich bin also zu Hause, claro? Wegen Covid! Und was soll dieser unendliche Lärm? Ich hoffe, das hat sich nun erledigt."

„Ablich reißt die Fenster auf, deshalb."

„Das wusste ich gar nicht. Bei mir kommt das nicht an."

„Direkt spüren es immer die drüber. Also die am meisten. Also wir. Aber der ganze Kälteschock legt sich natürlich auf das ganze Haus. Niemand wird dem entfliehen können, auch du nicht. – Eigentlich bist du doch angesteckt. Was läufst du da überhaupt rum?"

„Ja, du hast natürlich vollkommen recht. Ich weiß es ja auch nicht, aber das war so laut, so laut. Vielleicht müssen wir da per Anwalt ..."

„Ich frier' aber heute."

„Du musst dich ins Bett legen, das hilft dann."

„Und wie soll ich dann arbeiten? Ich müsste was zu der Nordmanntanne schreiben. Kennst du wen?"

„An der Ecke Klötzstraße, da verkauft eine Frau Hilsch Tannen. Da kannst du mal vorbei. Die ist wirklich nett."

„Die Betonung liegt vielleicht auf ‚wirklich'. Ob das gut sein kann?"

Ivo schloss die Tür.

Die Kälte war wirklich unangenehm.

Dassia saß mit Decke, Schal und rosa Pudelmütze auf dem Stuhl. Aber sie schien ihre Zahlen in Text zu bringen.

„Wenn du den Fernseher anmachst, vielleicht

bringt uns das ein Grad mehr Wärme."

„Du spinnst wohl, das kann doch nicht dein Ernst sein."

„Der Fernseher bringt bestimmt mehr als die Musikanlage."

„Die ist doch wieder aus."

„Für den Ablich hat es nichts genützt."

„Wie wahr, wie wahr. Ich könnte dem Müll runterbaumeln lassen. Direkt vors Fenster."

Ivo hatte da also eine neue Idee. Müll stank immer, und man musste ihn nur in eine Tüte tun, die oben aber leidlich geöffnet blieb. Dann könnte der Müll, an einer Art Angel hinunterlassen, vor das geöffnete Fenster gelangen. Das müsste ja möglich sein.

Als Angel nahm er einen Besenstil, Schnur war auch da. Also Fenster auf, ja, das Wohnzimmerfenster, und dann die Schnur samt angebundener Mülltüte runtergelassen, Fenster wieder zu. Abwarten.

Aber es passierte nichts.

Ivo wartete. Er wartete vor sich hin. Es kam keinerlei Reaktion.

Also machte er das Fenster wieder auf, sah hinunter. Den Besenstil hätte er gar nicht gebraucht, fiel ihm auf. Aber unten war nichts. Das offenen Fenster und eine im Wind leicht hin und her baumelnde

Schnur. Keine Mülltüte mehr daran.

Als sein Blick bis auf den Bürgersteig ging, musste er feststellen, dass dort eine aufgeplatzte Mülltüte lag.

Er musste nun nach unten eilen, samt Handfeger, Kehrblech, anderer und neuer Mülltüte ... und alles wieder zusammenbringen, aufkehren, um dann es wieder nach oben zu bringen.

Er war demnach gescheitert. Unklar blieb, weshalb die Mülltüte unten auf dem Bürgersteig lag. Letztlich gab es aber immer einen Grund. Es könnte ein Rabenvogel gewesen sein, etwas in der Art. Eine Krähe. Die gehen an Müllbeutel. Es könnte auch Ablich gewesen, der den Müllbeutel von der Kordel geschlagen hatte. Alles das ließ sich nicht mehr klar erkunden.

Ivo entschied sich nun, selber Decke, Schal, Mütze in Anwendung zu bringen, und den Herrn Ablich erst einmal zu vergessen.

So also war dieser Tag der Kälte. Es handelt sich um den 12.12.2022, und man könnte ja schauen, wer an diesem Tag Geburtstag hat. Einfach mal so.

1960: Lee Kyeong-yeong, südkoreanischer Schauspieler

1961: Julie Giroux, US-amerikanische Komponistin und Arrangeurin

1961: Uwe Schulz, deutscher Politiker

1962: Tracy Austin, US-amerikanische Tennisspielerin

1962: Max Raabe, deutscher Sänger, Mitbegründer und Leiter des Palast Orchesters

1962: Anke Schäferkordt, deutsche Managerin

1963: Salman Ahmad, pakistanisch-amerikanischer Rockgitarrist

1963: Bernd Gummelt, deutscher Leichtathlet

1964: Karsten Behr, deutscher Politiker, MdL

1964: Terry Brunk, US-amerikanischer Wrestler

1964: Karsten Hilse, deutscher Politiker, MdB

1964: Wolfram Spyra, deutscher Klangkünstler und Musiker

1965: Alessandra Acciai, italienische Schauspielerin

1965: Else Buschheuer, deutsche Schriftstellerin

1965: Kay Gottschalk, deutscher Politiker, MdB

1966: Yoshihiro Asai, japanischer Wrestler

1966: Maurizio Gaudino, deutscher Fußballspieler

1966: Ho Yen Chye, singapurischer Judoka

1966: Philippe Laroche, kanadischer Freestyle-Skier

1967: Walter Kogler, österreichischer Fußballspieler

1968: Arnulf Herrmann, deutscher Komponist

1968: Claudia Nemat, deutsche Unternehmensberaterin und Managerin

1968: Rory Kennedy, US-amerikanische Dokumentar-
film-Regisseurin und -Produzentin
1969: Christian Meyer, deutscher Radsportler
1969: Michael Möllenbeck, deutscher Leichtathlet

So, das brachte dann schon mal weiter, aber wie? Wie genau?

Hätte Ivo den Geburtstag von Ablich gewusst, hätte er diesem etwas schenken können. Am besten etwas Gemeines.

Aber er kannte da nichts.

Ivo hatte die Idee, man könnt dem Ablich die Post wegnehmen.

Es gab doch Betrüger, die ließen Pakete wohin schicken, hatten sich vorher die Kontodaten und Adresse der Person besorgt. Wenn dann der Paketausträger kommt, sind die vorher schon da. An der Adresse. Sie tun so, als seien sie selber Herr Schmitz, sind aber Müller. Oder umgekehrt. Mit den Kontodaten haben die was bestellt und fangen die Zusendung des Paketes ab, indem sie behaupteten, sie seien doch der andere. Das musste in irgendeiner Form klappen, sonst würde man ja nichts davon lesen.

Er könnte sich ja, wenn die Briefträgerin käme, unten vor die Tür stellen und behaupten, Ablich zu sein. Das würde aber viel weniger klappen, weil diese Briefträger ja viel regelmäßiger kommen als Paketboten. Die kennen also die Namen viel genauer und auch einige der Gesichter.

Ivo ließ von diesem Gedanken ab.

Leider konnte er sich immer weniger auf die Nordmanntanne konzentrieren, weil ja immer mehr der Herr Ablich sein Innerstes ausfüllte. Außerdem schien es in der Wohnung immer noch kälter zu werden. Das Thermometer aber zeigte eher 16 Grad an als 15 Grad.

Müsste sein Zorn so nicht gedämpft worden sein? Also der von Ivo, der Zorn ist gemeint.

Wir müssen uns Ivo nun als tigernd vorstellen. Die Wohnung ist mit 16 Grad deutlich unter jenen 19 Grad der Ämter, das war ja klar. Zugleich konnte man auch nicht erwarten, dass man, ganz ohne die Heizkörper anzudrehen, jemals auf 19 Grad kommen würde. Dann war der eine Körper im Bad, der stand auf „1", um der Hausverwaltung etwas Freude zu machen, das ja dann auch.

Könnte dieser eine Heizkörper denn eine ganze Wohnung von 16 Grad höherbringen? Würde es nicht eher so sein, dass ohne diesen einen Heizkörper auf „1" im Bad die ganze Wohnung bei 15 Grad läge? Kalt darniederläge?

Dass die bösen offenen Fenster des Ablich doch sehr bedeutsam für die Kälte waren, ließ sich allerdings kaum leugnen.

Man konnte es auch nicht einfach mit einer Handbewegung abtun. Motto. Ablich, der? Die Kälte? Also bitte, das ist doch unbedeutend.

Nein, so war es ja eben nicht. Es war sehr bedeutend. Hochbedeutend.

Ivo meinte, nun einen noch kälteren Luftzug zu spüren, quasi durch die Decke noch durch, die er irgendwie um alles gewickelt hatte.

Er hörte Geräusche aus dem Treppenhaus. Ein leichtes Schlagen gegen das Geländer. Ja, das war da. Etwas stieß auch an die Wand. Wiederholte Geräusche also, die von außen an ihn kamen, an die Wohnung.

Nun war er wieder dabei und daran, irgendwie aus der Wohnung zu stürmen.

Allerdings bekam Dassia die Unruhe nun mit.

Sie eilte von sich aus schon aus dem Nachbarzimmer herbei, um Ivo gezielt anzusprechen.

„Ivo, du hörst es doch auch!"

„Ja, aber das kann kaum Ablich sein. Es kommt ja aus dem Treppenhaus."

„Genau das denke ich doch auch. Ich wollte dich informieren."

„Worüber denn?"

„Der Putzdienst ist da, nun offenbar montags. Sie machen die Treppe, sie machen das Treppenhaus."

„Und dafür muss es noch kälter sein?"

„Ich glaube, sie lassen immer unten die Tür eine Zeit lang auf, damit sich die Nässe verflüchtigen kann."

„Glaubst du? Und wie lang braucht dein Herr Nässe, um eben dieses zu tun?"

„Es ist nicht *mein* Herr Nässe, außerdem könnte es ja auch mal eine Frau Nässe sein."

„Du empfiehlst also, dass man das einfach aussitzt, und die Tür wird ja noch geschlossen, dann ist alles wieder gut?"

„Wie soll etwas gut werden? Danach sieht es insgesamt überhaupt nicht aus. Es könnte einen Ticken besser werden. Also ein Unterschied von 15 Grad auf 16 Grad, oder ein Unterschied von 16 Grad auf eventuell mal 17 Grad."

„Das Problem ließe sich auch so lösen, dass wir einfach mehr Heizkörper anstellen und so die Wohnung insgesamt auf ein höheres Level von Temperatur schrauben."

„Dazu möchte ich eher nichts mehr sagen. Es wird insgesamt zu kompliziert. Viel zu kompliziert."

„Ich denke, du müsstest dich einfach mal etwas

von der Kälte ablenken."

„Aha, und wie, wenn ich fragen darf?"

„Du müsstest etwas tun, was jenseits zu dem Schreiben liegt, also auch jenseits von Deinem Artikel über die Nordmanntannen ... beziehungsweise, ob diese hier im Stadtteil verkauft werden."

„Dazu fällt mir aber nichts ein. Du siehst meinen wahren Zustand gar nicht, Dassia. In gewisser Weise bin ich am Ende, wenngleich ich es auch nur vorsichtig andeute. Bei so einer Kälte würde auch kein Schriftsteller ein Buch schreiben können."

„Auch nicht jener Klausens?"

„Nein, vermutlich nicht."

„Wir können also nur auf Hilfe von außen hoffen."

„Ja, so wird es wohl sein."

Wieder mal kam es zu einem Klingeln. Es müsste nun schon das vierte Klingeln in der Wohnung Rössler/Hass am heutigen Tage sein. Wer würde sie nun überraschen?

Durch den Türspion ergab sich eine Person, die wie ein Handwerker aussah. Es hieß aber, dass man gerade den Handwerkerverkleidungen nicht trauen dürfe. Auf diese Weise wollten viele in die Wohnung gelangen. Dort würden sie dann Dinge stehlen, solcherlei Sachen, sofern sie mal eine

Sekunde unbeobachtet seien. Die gingen dann von einem Zimmer in das nächste, um Anschlüsse zu kontrollieren.

Aber Ivo und Dassia waren ja immerhin zu zweit.

Dassia öffnete etwas, sie hatte zuvor aber die Türkette eingehängt.

Draußen der Mann hatte ein Symbol von „istwark" auf der blauen Latzhose.

Er käme, um einmal die Heizkörper zu prüfen, gerade wegen der Kälte. Es müssten die Messgeräte austariert sein, ganz wichtig, und man müsste insgesamt schauen, wie weit die Heizkörper abgedreht und aufgedreht seien.

Nein, das käme nicht von der Hausverwaltung, sondern eher von der Regierung, in diesem Fall wäre die Stadt zuständig. Dann zeigte er einen Ausweis, der alles und jedes besagen konnte.

Dassia schüttelte den Kopf, aber das tat sie zuerst in Richtung von Ivo. Sie wollte sagen, dass ihr diese ganze Sache eher nicht gefalle. Sie wollte außerdem ausdrücken, dass man diesen Mann wohl eher nicht in die Wohnung lassen könne.

Ivo war eigentlich derselben Meinung. Er nickte also aus dem Rückraum hinter der Wohnungstür zurück.

Dassia sagte nur: „Nein, danke, das brauchen wir

nicht."

Der Mann: „Aber das ist Gesetz!"

Dassia: „Das glauben wir eher nicht!" Schon machte sie die Türe zu. Das ging verdammt schnell, weshalb der Mann etwas „überfahren" sein musste. Aber er klingelte nicht noch einmal, nein, das tat er nicht.

Damit schien dieses Problem gelöst. Die Kälte blieb beharrlich anwesend, aber ein Problem schien wenigstens auch mal gelöst.

Diese falschen Menschen aber auch. Es gab ja immer mehr. Wie sollte man da noch unterscheiden? Jede Uniform, jede Dienstkleidung, jeder Kittel konnte doch eine Fälschung sein. Da war es mehr als hilfreich, dass die Putzkolonne für das Treppenhaus immer in normaler Straßenkleidung ankam. Das schaffte dann regelrecht Vertrauen.

Und diese falschen Anrufe dann noch.

Das Telefon klingelt, auf dem Display die 110, am Apparat ein angeblicher Polizeibeamter. Der Polizist erkundigt sich, ob Wertsachen in der Wohnung seien, man müsse diese in Sicherheit bringen bzw. Spuren sichern. Gleich würde deshalb ein weiterer Beamter vor der Haustür stehen, um die Wertsachen in Empfang zu nehmen. So oder ähnlich versuchen derzeit Trick-

betrüger im gesamten Bundesgebiet vorwiegend ältere Menschen um ihre Ersparnisse zu bringen. Sogar vermeintliche Haftbefehle wurden schon verschickt, mit dem Hinweis, diese seien nur durch das Zahlen einer hohen Summe abzuwenden. Die Fälle häufen sich.

„Die Betrüger geben sich am Telefon überzeugend als Polizisten, z.B. Kommissare, aber auch als Staatsanwälte aus, um so auf perfide Weise das Vertrauen der Angerufenen – zumeist Senioren und Seniorinnen, zu gewinnen", erläutert Gerhard Klotter, Vorsitzender der Polizeilichen Kriminalprävention der Länder und des Bundes. Dabei nutzen die Täter eine spezielle Technik, die bei einem Anruf auf der Telefonanzeige der Angerufenen die Polizei-Notrufnummer 110 oder eine andere örtliche Telefonnummer erscheinen lässt – obwohl die Anrufer zumeist aus dem Ausland agieren.

Unter Vorwänden, wie beispielsweise die Polizei habe Hinweise auf einen geplanten Einbruch, gelingt es den Betrügern immer wieder, ihren Opfern mittels geschickter Gesprächsführung glaubwürdig zu vermitteln, dass ihr Geld und ihre Wertsachen zuhause nicht sicher seien.

Wir lassen das aber nicht mit uns machen, da war

sich Dassia schon recht sicher. Man musste allerdings mit weiteren Versuchen von Betrügern aller Art rechnen. Denn die Heizkrise war ja ideal dafür geschaffen, um in Wohnungen zu kommen. Oder gefahrvolle Anrufe zu tun.

Ivo hatte sofort eine Idee. Er könne doch eine Wohnung betreten, das wäre doch auch mal ein kluger Schachzug.

„Du willst die Wohnung von Ablich betreten? Vorher klingeln? Dann sagen, du kämest von der Firma für die Heizanlage? So? Aber der kennt dich doch."

Ja, der Ablich kannte ihn. Nicht gut, aber doch so gut, dass er wusste, dass er ein Mieter aus genau diesem Haus sei.

„Dann könnte ich aber doch mal in ein anderes Haus hier in der Straße gehen und dann, mit einer Latzhose bekleidet, klingeln."

„Gewiss, das könntest du. Aber der Mann von eben, der könnte jetzt auch schon in dem Nachbarhaus sein. Was würde es da helfen? Die würden sich sagen: Oho, da kommt ja eine Firma zweimal, oder zwei Firmen je einmal. Die müssten also wissen, dass da was nicht stimmen kann. Wir wissen es ja schon jetzt!"

„Aber, Dassia, ich muss doch wohin."

„Könnte es nicht sein, dass du mal eine Runde um

den Block machen solltest?! Du könntest ja auch schauen, ob das Fenster vom Ablich noch geöffnet ist."

„Von dem, was ich an meinen Füßen spüre, ist es dauerhaft auf. Da ist auch keine Abfolge von Öffnen und Schließen. Das ist alles weggefallen. Bei Ablich herrscht ein Dauerauf."

„Dann müsstest du vielleicht doch einmal bei dem Täter selbst klingeln. Bei Ablich."

„Ja, so muss es wohl sein, Dassia. Ich werde es tun."

Er zog sich diesen hellblauen Anorak vom frühen Morgen an, denn er hatte ja die Klimakleber als kritischer Reporter begleiten wollen. Dass dieser umgestürzte Tankwagen alles nicht zuließ, das war dann ein extra Problem gewesen.

Erneut haben Aktivisten mehrere Autobahnabfahrten in Berlin blockiert. Die Politik richtet ihren Blick nach München, wo die Proteste verboten wurden.

Er hätte heute in Berlin Journalist spielen können. Aber das war ja alles für heute gegessen. Hier war nicht Berlin. Wockenheim war nicht Berlin, nimmer.

Dassia fragte ihn, ob er überhaupt etwas von Ablich wisse.

Nein, sagte Ivo, er könne doch nicht alle Leute über das Internet ausspionieren. Das würde ja auch irgendwann einmal eher peinlich.

„Geh erst mal klingeln und eine Runde um den Block. Danach sehen wir weiter."

Ivo ging.

Dassia telefonierte zuerst einmal wieder mit Adelinde. Sie meinte, sie müsste jemand von alledem erzählen, was da mit den Latzhosen passierte und angeblichen Heizungskontrolleuren. Jetzt zog es wieder so schön kalt von den Unterschenkeln nach oben.

Dassia wollte sich zu einer Art von Kältemasochismus erziehen.

Vielleicht würde es ihr Freude machen, wenn sie Kälte verspüre. Vielleicht könnte sie mit der Kraft ihres Gehirnes die Dinge des Empfindens umdrehen.

Schließlich hatte sie Ivo anfangs auch eher blöde gefunden, zumal bei dem Nachnamen „Hass". Aber dann war es ihr doch gelungen, nach und nach besser in die Sache zu kommen. Kraft ihres Gehirnes hatte sie es auch geschafft, Ivo zu lieben. Es war ein langer Weg gewesen, gewiss, aber eines Tages war sie aufgewacht. Da wusste sie, zu wem sie gehörte. Bis heute hatte sie es auch nie bereut. Sein aufbrausendes Wesen störte, aber man konnte damit umgehen. Selbst Adelinde hatte das geschafft.

„Also, Adelinde, da bin ich wieder. Bei uns geht es ganz schön rund."

„Was sagt das Thermometer?"

„Etwas höher als 16 Grad, aber wir haben auch Sonneneinstrahlung von außen. Und bei euch?"

„21 Grad, das ist auch niedriger als sonst."

„21 Grad. Die große Ökokämpferin. Da bist du aber kein Vorbild."

„Ich habe mich auch nie als große Kämpferin gesehen. Seitdem ich das mit den Hüten mache, und das läuft überraschend gut, bin ich irgendwie im Privaten abgerutscht."

„Und dann kommt das Kind ..."

„Wäre schön, ja, wäre richtig toll. Aber bei mir sieht es nie nach Schwangerschaft aus. Ich bin da schon ziemlich deprimiert."

Für Dassia war ein Kind aktuell kein Thema, denn sie hatte vollmundig gesagt, vor dem Ende des Ukrainekrieges und vor dem Untergang des schlimmen Putin würde das Thema Schwangerschaft sowieso nur einen Lachanfall bei ihr erzeugen. Einen hysterischen allerdings.

Ivo hatte dazu gesagt, solange er nur freier Journalist sei und keine Stelle habe, keine feste, würde es mit einem Kind nichts werden. Außerdem müssten sie sich noch prüfen.

Dabei waren sie schon sechs Jahre und vier Monate zusammen.

„Adelinde, das wird schon werden. Ich zünde eine Kerze für dich an, versprochen."

„Danke, du meine Heldin, du solltest dann auch noch eine Kerze für deinen nächsten Zahlenartikel anzünden. Du könntest doch mal die Zahlen für Frühgeburten in NRW mit denen in Sachsen vergleichen. Und daraus einen Zahlenartikel machen. Wäre das nichts?!"

„Doch, aber dazu müssen mir die Zahlen vorliegen. Heute kamen die Hundesteuervergleiche für Großstädte, Mittelstädte, Kleinstädte rein. Vielleicht mache ich daraus noch was."

„Das traue ich dir zu. Du könntest auch die Fenstergröße von Mietshäusern und Einfamilienhäusern vergleichen."

„Ja, könnte ich, aber dazu gibt es keine Zahlen. Ob die mal kommen? Ich zweifele. Wir bekommen ja nicht mal was zu den aktuellen Durchschnittstemperaturen. 16 Nordstadt versus 21 Grad Südstadt."

„Dassia, du beginnst wieder mit Scherzen. Lass uns mal aufhören, der nächste Hut wartet."

Ivo war nun bei Ablich an der Tür. Er klingelte auch. jedoch es passierte nichts. Niemand kam, niemand ging. Die Wohnung schien leer. Da war auch kein Rascheln. Ivo legte sich sogar auf den Fußboden, denn er wollte den Lufthauch spüren. Diese volle Kälte.

Da die Haustür nicht abgedichtet war, kam auch etwas Kälte an sein Gesicht. Ein dezenter Luftzug, aber voller frostiger Intensität. Wo er schon einmal lag, konnte er auch rufen: „Herr Ablich!" Das tat er nur einmal, denn danach wäre er zu laut und zu auffällig. Es könnten ja Leute im Haus ihn mit Ablich in irgendeine Verbindung bringen.

Das aber würde im Resultat nie und nimmer etwas Gutes sein. Vor Fensteraufreißern und Hausauskühlern sollte man sich besser in Acht nehmen. Da konnte nur Unheil verborgen sein, mit diesem Unheil wollte er in keinerlei Bezug stehen. Niemand sollte einen Verdacht äußern, wonach er und Ablich etwas zusammen unternehmen würden. Am Ende noch Pläne für einen Bankraub oder die Entfernung einer kostbaren Madonna aus einer kleinen Dorfkirche. Nie!

Ivo stand wieder auf, klopfte sich etwas an der Hose herum und ging weiter nach unten, schließlich verließ er das Haus.

Sein Weg führte ihn von da nach dort, aber eigentlich hatte er kein Ziel. Als er schließlich das Schild „Klötzstraße" sah, erinnerte sich an die Tannen und die freundliche Frau Hilsch.

Diese Frau Hilsch kannte er gar nicht, aber man hatte ihm ja schon mal den Namen zugeführt. Ach nein, Jenny Kehl war es. Die hatte ihm gesagt, die Frau Hilsch, die Frau Hilsch ...

Das Gelände lag auf einer Ecke. Ansonsten war alles dicht bebaut. Das verwunderte ihn. Sollte das brachliegen? Ging es um Spekulation? Die Frau Hilsch hatte es bestimmt vorübergehend angemietet. Dann käme dann bald der teure Neubau, dazu Wohnungen von 15 Euro kalt der Quadratmeter. An Miete dann. Es wurde ja immer teurer und dann noch teurer.

Er wäre selber gerne umgezogen. Wegen Ablich. Der Typ störte ihn und sein Wohlbefinden doch ungeheuerlich.

Dassia schien da etwas cooler. Sie trug wohl so gerne ihre rosa Strickmütze, und dann kam ihr diese Extra-Kälte wegen Ablich doch gerade zur rechten Zeit. Sie würde es immer abstreiten, aber wahr schien es dann doch.

Dassia ging es darum, in der Strickmütze schick zu sein. Das kam von der Adelinde, deren Freundin.

Weil die Hüte machte, musste Dassia immer öfter was auf dem Kopf tragen.

So verbarg sie ihre Haare, diese fast weißblonden Haare, weshalb sie nie Schneewittchen spielen durfte. In keiner Schule, in keinem Schullandheim. Diese Rolle ließ man ihr nicht.

Sie hätte sich auch nie die Haare gefärbt. Wegen Culture und so, die Correctness-Sachen, die waren ihr doch so wichtig. Sie legte auch keine Bluesplatte mehr auf, nie mehr. Sie hatte ja keine Schwielen an den Händen, sie war nie in den USA, schon ja nicht in einer Tabakplantage; da wollte sie auch keinen Blues singen. Weil sie doch so korrekt war.

Aber genau das war eher hundebescheuert. Das traute er sich aber nicht, ihr ins Gesicht zu sagen. Sie meinte es nur gut, wusste aber nicht, wie die Welt funktionierte, wie Kolonialismus handelte. Wie A zu B kam und umgekehrt. Immerhin hatte sie eingesehen, dass jedes A auch B haben konnte.

Würde er bei Frau Hilsch eine Nordmanntanne kaufen, war es bestimmt gut für seinen Artikel für den WA, aber es war schlecht für das Wohlbefinden der Bäume. Ja, auch das gab es.

Also: Er schaute lieber mal hinüber, anfangs von fern.

Er sah einen Mann, der Ablich ähnlich war, wie der

sich ein besonders langes Ding genommen hatte. Die Tanne musste doch vier Meter sein. Die passte doch in keine Mietwohnung rein. Oder doch? Vielleicht war die ja auch für eine Halle. In Autohäusern, da konnte man was Langes reinstellen, zumindest im vorderen Bereich, in einen Teil vom Showroom, oder auch mal in den ganzen Raum. Aber sparen mussten ja alle. Weniger Raum, weniger Fläche, weniger Heizkosten. Die Buchhandlungen hatten doch verkleinert wieder, diese Ketten, da waren einige Ladenlokale deutlich kleiner geworden.

Adelinde mit ihren Hüten machte alles online, das ja auch. Aber sie war so klein, wirtschaftlich gesehen unbedeutend. Aber vielleicht hätten sie und Börni dafür privat einen extra großen Baum. Die glaubten ja noch an den Weihnachtsbaum.

Ivo glaubte weder an das Christkind noch an den Weihnachtsmann noch an den Weihnachtsbaum. Er glaubte nicht an das Christentum, und auch nicht an das amerikanische Weihnachtstum, wo es eigentlich nur ums Gestalten der Wohnungen und Einkaufstempel ging. Girlanden und Kugeln im barocken Übermaß. Gefühlsdunst zudem. Der Gott vom Shopping war für Ivo zu aufdringlich.

Gegen einen Baum hätte er nichts gehabt, aber es gab ja noch Klima, da musste man sich jeden

Baum und auch das Wort „Baum" tausendmal im Mund und im Gehirn zurechtdrehen. Nichts war einfach, ein gutes A konnte ein schlechtes B zur Folge haben, und auch umgekehrt. Stopfgänse waren ein schlechtes A, keine Frage, aber sie konnten als Mahnmal auch ein generelles Umdenken erbringen. Würde man sie betrachten, danach weinen, dann alles verbieten ... dann wäre es auch noch ein gutes B. Zu viele Tiere waren gequält, zu viele Stopfgänse sind nur ein Mahnmal in der Welt der Verbrechen. Es gilt: Wer Tiere sinnlos tötet, und auch herzlos, der tötet auch Menschen, und das Ganze auch umgekehrt.

So, nimm nun noch die Pflanzen hinzu. Mache auch einmal die ganz große Rechnung. Am Ende ist alles A und B und C, und die gute C-Seite wäre, dass die Leute kapieren, dass man weder Geld noch Waren fressen kann. Und dass Glück mit der Flut von Waren nichts zu tun hat.

Es gibt das Glück, aber es gibt auch das vermeintliche Glück.

Ivo sagte immer wieder: „Die rennen der Vermeintlichkeit hinterher, dieweil wir ohne Tanne glücklich sind."

Dassia dankte es ihm. Sie wollte keinerlei Tanne, nein, nein, das hätte ihr die Tränen in die Augen getrieben.

Aber Ivo würde dennoch schreiben müssen, irgendwas, einen Artikel, wer kaufte welche Tanne, und das sollte neutral sein, denn der Journalist kann seine eigene Meinung in einen Kommentar schreiben, bei den Berichten soll er bitteschön distanziert und sauber bleiben. Man schreibt nicht von „Klimachaoten" und auch nicht von „Republikanerverwirrten", das ist kein Journalismus. Die Bild-Zeitung macht es so, auch deren Fernsehen, welches schon wieder im Abbauen zu sein scheint, zumindest die Live-Strecken sollen wohl ausgedünnt werden.

Dabei suchen die Leute doch Sensationen, und die Bild-Leute schreiben immer so reißerische Worte, meinen, sie wären Journalisten und Journalistinnen, wollen extra nichts trennen, wollen alles mit Meinung verschleimen und Stimmung erzeugen. Das machen so viele: Stimmungen erzeugen, hetzen, hassen, und so weiter.

Ja, man hasste, auch Ivo Hass hasste, man hasste auch Ivo Hass. Dabei würde er doch sauber über die Nordmanntanne und alle Käufer berichten, männlich wie weiblich, auch divers, er würde über alle berichten, eine Auswahl, ja, ja, aber keinen blöden Kommentar in den Artikel reinmachen.

Hoffentlich wusste Silis Gnaas von dem WA das

zu schätzen.

Nee, der wollte am Ende auch nur die Zeilen voll haben.

Die lange Tanne wurde abgefahren. Auto, Klappe, rein, Klappe halb auflassen, weg.

Nordmann?

Man konnte das aus der Ferne nicht so gut sehen.

Ivo musste mit der Frau Hilsch sprechen.

Die hatte auch gerade nichts zu tun. Fünf Leute trotteten umher, suchten eine Tanne. Einige waren schon in Netzen drin; wer diese kaufte, spielte Lotto.

Aber Frau Hilsch wollte sich verbürgen, dass die alle noch ganz gut aussähen. Man müsste bei ihrer Wahl nichts fürchten. Auch nicht bei den verpackten.

„Frau Hilsch, darf ich Sie für den WA fragen. Stellen Sie was fest?"

„Nein, wenn ich ehrlich bin: nicht so sehr. Allerdings kommen dieses Jahr Fragen."

„Sie meinen zu Putin, ob die Tannen von ihm kommen?"

„Ja, da sind Leute, die keinesfalls etwas aus Russland wollen. Ich sage dann immer, bei uns kommt alles aus Deutschland, manches aus Finnland, nichts aus Russland. Ganz glauben tun es alle aber nicht."

„Glauben Sie es denn?"

„In diesen Zeiten geht aller Glauben verloren. Ich glaube auch nicht mehr an den Weihnachtsbaum, wenn Sie das meinen."

„Und sonst?"

„Natürlich Kälte. Die Kaufenden wollen wissen, ob der Baum schneller eingeht, wenn es drinnen kalt ist."

„Und?"

„Ich denke eher: nein. Die trockene Heizungsluft, die hat so vielen Weihnachtsbäumen zugesetzt. Da fielen dann die Nadeln. Wenn es dieses Jahr anders sein sollte, dann wegen der Kühle in vielen Wohnungen."

„Wir haben 16 Grad!"

„Oho, da sind Sie aber radikal."

„Ja, aber ich bin ja auch von der Zeitung. Da kann ich dann was schreiben: Weihnachten bei 16 Grad!"

Diese Idee kam ihm gerade.

„Wir haben 18 Grad, und ich muss das durchziehen, weil wir zehn Tannen in unserer Wohnung haben. Das wird dann so eine Art Privatwissenschaft. Welche hält wie?"

„Fichten wohl kaum."

„Weiß man nicht. Die Nordmanntanne ist die tollste, gewiss, aber die Fichte wird gerne mal unterschätzt. Aber wir sollten uns nicht streiten."

„Sie haben ins Schwarze getroffen. Da soll ja morgen was Schönes drinstehen. Bei denen in der Bude. Darf ich von den fünf Leutchen wen knipsen?"

„Gerne, aber Sie müssen vorher fragen. Wegen Persönlichkeit und so!"

„Frau Hilsch, da habe ich drei verschiedene Seminare gehabt, nur wegen Persönlichkeitsrechten und Medien."

„Ob die Bild-Leute sich denn daran halten?"

„Ich darf dazu nichts sagen. Sie verstehen. *Eine* Branche. Da reden wir nur intern drüber."

Ivo fragte nun die Anwesenden. Zwei kamen noch hinzu, ein älteres Ehepaar. Dann erschien noch eine Mutter mit einem vielleicht zehn Jahre alten Kind.

Am Ende hatte er vier Fotogruppen, also für vier unterschiedliche Personen und Käufer, das war dann okay für den WA.

Ivo verabschiedete sich bei der verdammt netten Frau Hilsch.

Hatte Dassia am Ende bei der eine Tanne gekauft? Sollte das der Fall sein?

Ach nee, Jenny war das ja. Die hatte die Hilsch so anempfohlen.

Vor dem Haus wieder der Blick nach oben. Ablich hatte die Fenster weiterhin geöffnet. Weit, weit,

weit. Das war Kälte pur. Die Band „Pur" müsste mal ein Lied singen, dass „Kälte" heißt, die Ansager sprächen dann immer von „Kälte pur", wäre doch mal ein schöner Gag.

Ivo also wieder die Treppe hoch.

Im zweiten Stock bei Ablich angehalten, geklingelt.

Da war nichts.

Er legte sich wieder hin, erspürte die kalte Luft aus einem dünnen Spalt.

Aber da war nichts. Nichts vom Menschen.

Dassia oben war damit beschäftigt, Äpfel zu schälen.

Sie wollte einen Apfelkuchen machen, nein, kein Spritzgebäck, nichts wegen Weihnachten. Einfach nur mal einen Apfelkuchen.

Und den sollten sie dann in der Kälte essen?

Hier in dieser Wohnung?

Bei 16 Grad?

„Natürlich nicht. Morgen werden wir bei Adelinde und Börni sein, sofern du mitkommen magst. Da nehme ich den Kuchen dann mit. Ich vermute, der wird ganz aufgegessen. Dann bleiben auch keine Reste für unsere 16-Grad-Wohnung."

Zubereitung

Für den Apfelkuchen das Backrohr auf 180 Grad Ober-/Unterhitze vorheizen. Tarte-Form mit Butter ausfetten und mit Mehl oder Brösel bestreuen. Äpfel schälen, entkernen und kleinwürfelig schneiden. Mit etwas Zitronensaft beträufeln, damit sie nicht braun werden.

Mehl, Zucker, Backpulver und Vanillezucker in eine große Schüssel sieben. Milch, Eier und die geschmolzene Butter hinzufügen und mit dem Schneebesen glattrühren.

Nun die gewürfelten Apfelstücke untermengen, in die Tarte Form gießen und glatt streichen. Den Apfelkuchen im Backofen auf mittlerer Schiene ca. 60 Minuten backen.

Tipp

Sobald der Apfelkuchen (nach etwa 30 Minuten) braun wird, mit befeuchtetem Backpapier oder Alufolie abdecken, damit er an der Oberfläche nicht zu dunkel wird.

Ivo mochte Apfelkuchen, ja, ja, aber er war sich nicht sicher, ob ein Besuch bei Adelinde und Börni ihn aufheitern würde.

Gerne hätte er sich nun so richtig aufgeregt, aber das hätte Dassia so gar nicht gefallen.

Also erzählte er nur leicht „angewütet", dass bei Ablich niemand öffnet. Das sei doch verflixt mit dem.

Ivo schaute zum Thermometer, die Sonne war weniger geworden. Es könnte unter die 16 Grad fallen. Ausschließen konnte man es nicht.

Er zog am Bommel der rosa Mütze von Dassia. Die lachte kurz auf, meinte aber: „Lass das doch. Am Ende fällt da noch was in den Teig."

„Ist der Teig wichtiger oder dein Mann? Sag es!"

„Wir sind nicht verheiratet, bedenke auch das."

„Aber ich beschreibe und fotografiere umgestürzte Tanklaster und stehende Nordmanntannen. Bedenke auch das!"

„Mit Achim hätte ich jemanden heiraten können, der heute in L. A. dauernd Popstars interviewt."

„Ja, ich weiß. Aber welcher Wert verbirgt sich hinter Popstars? – Die Frau Hilsch war wirklich nett."

„Sage ich doch." (Also nicht Jenny. Oder wie? Beide kannten die Hilsch?)

Er wunderte sich, woher Dassia diese Tannenbaumfrau eventuell kannte, wo sie beide doch keinerlei Tanne in ihre Wohnung bringen würden. Dabei sollte einen Tag auch Henriette Rössler aus dem Heim zu ihnen kommen, das war auch fest ausgemacht. Was würde Henriette sagen, wenn es keine Tanne gäbe? Wo ihr doch das Gehirn entschwunden zu sein schien. Manchmal aber kamen doch einige überraschende Sätze. Das kam so rüber, als hätte eine höhere Stelle des Universums blitzschnell ein Türchen in Henriettes Kopf aufgemacht. Plötzlich wirkte sie frisch und klar wie mit 47 Jahren. Danach aber brach sie wieder im Nichts des Vergessens ein. Und stierte abwesend vor sich hin.

„Was machen wir mit Henriette? Ist das jetzt klar?"
„Wenn sie nicht verlegt wird, in dieses Dichlingen, dann wird es wohl sein wie 2021. Wir holen sie am 24.12. ab und bringen sie am 25.12. zurück."
„Und der Baum?"
„Ich werde versuchen, einen Besenstil zu drapieren. Vielleicht könntest du Löcher reinbohren, da dann noch abgestorbene Zweige rein, vielleicht von der Frau Hilsch. Danach viel an Kugeln und schön bunt, dann wird das schon halbwegs wie ein Baum sein."
„Gut, gut, du bist immer in allem so positiv."
„Ich dachte schon, vielleicht könnte man noch jemand aus dem Haus einladen, oder von der Nachbarschaft. Dann geht für alle der 24.12. schneller vorbei."
„Schön, aber wen? Ablich ja wohl nicht!"

Ivo versuchte, sich ein Lächeln abzuringen. Das war ja eher kein Scherz, sondern ein totaler Kälteuntergang, Ablich hier in der Wohnung. Obwohl: Dann würde der selber mal spüren, wie es mit der Kälte so ist, über ihm, bei seinen offenen Fenstern.

Am Ende würde man die Hausverwaltung einschalten müssen, aber vor Weihnachten machte das noch keinen rechten Sinn.

Mit Henriette würde es so oder so anstrengend, das war keine Frage. Wenn man bedachte, wie die sich im Heim das ganze Jahr mit der befassen mussten, und er zitterte jetzt vor dieser einen Nacht, 24.12. auf 25.12, das war ja schon seltsam.

„Außerdem werden wir die Heizung aufdrehen müssen, unabhängig von der Ablich-Sache."

„Ich weiß, aber bis dahin sind ja noch ein paar Tage. Vielleicht tut sich ja was."

„Du meinst, Putin zieht alles zurück, verzichtet auf alle Drohnen, Raketen, Bomben? Geht freiwillig ins Arbeitslager und vor einen internationalen Gerichtshof? Du träumst doch wohl!"

„Dassia, es kann alles passieren. Eine Gaspipeline kann explodieren ja, aber es sterben auch mal Leute. Da hat dann der Oberst einen Schlaganfall, die Regimegegnerin liegt tot in der Zelle. Es passieren die schlimmsten Sachen, aber A kann ja auch B hervorrufen ..."

„Du mit deinem A-B, also, so gerne ich das annehme, dass alles so und wieder so sein kann. Die Ukraine als Paradies, und alles ohne einen Putin, das geht mir gerade gar nicht in meinen Kopf."

„In meinen denn? Aber ohne Hoffnung ist alles nichts!"

„Dann schreib doch dazu ein Lied, das A-B-Lied, vielleicht können wir damit Wockenheim erwecken, oder gar erleuchten."

„Ja, ja, aber ich bin kein Erleuchter und kein Missionar."

„Aber irgendwas hoffen tust du ja doch!"

„Ich hoffe, dass Ablich weggeht, stirbt, oder wenigstens mal die Fenster schließt! So etwas muss doch gehofft werden dürfen."

„Sicher, aber so funktioniert Weihnachten doch auch. Weihnachten, was du ablehnst. Die Leute hoffen, sie hoffen auf Waren oder das Christkind oder das Christkind als Ware, Hauptsache Geräte, Schmuck, Sachen, Dinge, Kleidung, darauf hoffen die Leute. Dann weinen sie und sprechen von Frieden, alle umarmen sich, nur Opa Henry ist betrunken und schon ist das Fest gestört. Mutter Dörte hat ein Magengeschwür, da wird es auch nicht besser."

„Unter solchen Voraussetzungen scheint es fast

schon besser, man wünscht sich Ablich herbei. zumindest als gedachten Gegner in der Wohnung drunter. Da kann sich die ganze Familie vereinen, gegen Ablich, und so vielleicht Freude empfinden."

„Ja, aber Putin zu hassen, das läge dieses Jahr noch näher."

„So wahr ich Ivo Hass heiße, den Mann werde ich ewig verachten. Ewig, glaube mir."

Dennoch war weiterhin Kälte in der Wohnung, sie kam von unten, von den Füßen her, die Unterschenkel hoch. Es hätte auch nichts geändert, wenn sie die Wohnung auf 19 Grad gebracht hätten, mit den Heizkörpern.

Die Kälte wäre ja dennoch geblieben, das muss man einfach feststellen. Ablich war schuld, die Kälte kroch über die Beine in die Seelen. Putin war auch schuld, aber Ablich war im Moment näher dran, wegen der näheren Kälte.

„Ich schau jetzt doch mal im Internet, was ich finde, zu Ablich."

„Ja, tu das. Vielleicht war der mal als Massenmörder verurteilt, oder als Entführer."

„Vielleicht, aber dann hätte er wohl seinen Namen geändert. Wir müssen uns da nichts vormachen. Betrug regiert die Welt, auch im Parlament von Europa, auch da."

„Ich habe auch nie an den guten Menschen geglaubt ... die Christen glauben wohl auch nicht dran, sonst müssten die nicht immer rumerzählen, dass Jesus alle Sünden auf sich genommen habe und dann dafür am Kreuz usw. .. du kennst die Narrative ja."

„Ja, Narrativ, ein sehr modernes Wort. Für Jesusgeschichten hab ich es bislang noch nie eingesetzt. Aber Recht hast du. Man sollte damit arbeiten, mit diesem Wort."

„Schön."

Als Narrativ wird seit den 1990er Jahren eine sinnstiftende Erzählung bezeichnet, die Einfluss auf die Art hat, wie die Umwelt wahrgenommen wird. Es transportiert Werte und Emotionen, ist in der Regel auf einen Nationalstaat oder ein bestimmtes Kulturareal bezogen und unterliegt dem zeitlichen Wandel. In diesem Sinne sind Narrative keine beliebigen Geschichten, sondern etablierte Erzählungen, die mit einer Legitimität versehen sind.

Bekannte Beispiele sind der Mythos „Vom Tellerwäscher zum Millionär" und der Aufruf zum Wettlauf zum Mond, der in den USA starke Kräfte gebündelt und die Nation hinter einer Idee versammelt hat. Bestimmendes Element hinter einem Narrativ ist weni-

ger der Wahrheitsgehalt, sondern ein gemeinsam ge-teiltes Bild mit starker Strahlkraft.

Weit verbreitet ist die Meinung, dass Narrative ge-funden und nicht erfunden werden. Konsens ist, dass Narrative eine Möglichkeit zur gesellschaftlichen Ori-entierung geben und Zuversicht vermitteln können.

Mit dem verstärkten Interesse an den Neurowissen-schaften und der Rolle von Emotionen und des Un-terbewussten in Entscheidungsprozessen ist auch die Bedeutung von Narrativen in der öffentlichen Diskus-sion gewachsen.

„Vom Jesus-Narrativ finde ich aber in der Erklärung hier nichts."

„Hast du denn wenigstens auch mal zu Ablich geguckt?"

„Ja, aber so einen Menschen finde ich auch nicht."

„Schade aber auch!"

„Ja und nein, jetzt muss ich mich nicht rum-ärgern."

„Du kannst doch mal bei Heizdecken nachgu-cken. Einfach so."

„Nee, die kaufen wir nicht. Das wird dir ja wohl klar sein."

„Aber gucken kann man doch wohl mal."

„Beim Gucken fängt der Irrtum doch schon an.

Wir sollten lieber Kröten retten, oder Gletscher, aber die Heizdecke ist kein aussterbendes Dings."

„Aber es soll Heizdecken aus reinster Natur geben."

„Du beliebst zu spaßen oder schaust zu viel Shopping-Sender. Da ist alles rein und fein und großartig und wunderbar. Alles passt, man darf sich immer was gönnen. Bla und blo und bläh."

„Jedes A hat bekanntlich auch ein ..."

„B, gewiss, aber bei der Heizdecke sehe ich das B noch nicht."

„Ich aber: Wir holen uns jeder eine Heizdecke, und dann hat die Ablich-Sache ihre Ruhe. Wir können dann wieder etwas normaler leben."

„Aber was soll das sein? Normal? In diesen Zeiten gibt es keinerlei Idee von normal. Jetzt dürfen die Westeuropäer auch mal (teilweise) erfühlen, wie es Leuten in Syrien, Jemen, Afghanistan, Iran, Kolumbien und wo immer noch so ergeht. Das Ganze scheint mir eine Art von Erziehung für uns."

„Jetzt kommst du mit der Demut-Sache. Ja, sehe ich ein. Bescheiden leben, das ist der Kern. Dann so glücklich sein, das ist der Kern. Das geht aber nur, wenn es keine böse Diktatur gibt, keinen gemeinen Krieg und ... wenn die Natur noch so intakt ist, dass du dir deine Kartoffeln noch aus dem Acker holen kannst, ohne ein schlechtes Gewissen zu bekommen."

„Vergiss das Thema von der Gesundheit nicht, denke an meine Mutter."

„Und vergiss du nicht den Ablich. Ich werde ihn nie vergessen."

„Es könnte doch sein, dass er auszieht."

„Darauf wollen wir hoffen, ja, ja, ja."

Die Dunkelheit schlich herbei.

Von Sonne war keine Rede mehr.

Man wusste um den 21.12. Dann würde es langsam wieder heller werden. Aber erst dann. Auch Ivo wollte endlich die längste Nacht hinter sich haben.

Dassia meinte, sie hätten doch dieses Jahr sowieso eine Art von „längster Nacht", für die geschundenen Ukrainer habe gedanklich diese letzte Nacht am 24.2.2022 begonnen. Die bräuchten keinen Ablich, die hätten Grauen genug.

Die Wintersonnenwende markiert den Beginn des astronomischen Winters. Denn zu diesem Zeitpunkt erreicht die Sonne im Jahreslauf den tiefsten Stand mit Blick auf den Meridiandurchgang bzw. Himmelsäquator der Erde.

Dies ist zugleich auch die längste Nacht bzw. der kürzeste Tag des Jahres, da der Großteil der täglichen

Sonnenbahn von der Erde aus unterhalb des Horizonts liegt. Kurzum, länger dunkel ist es an keinem anderen Tag des Jahres. Besonders deutlich lässt sich dieses Phänomen am Polarkreis beobachten, wo während der Wintersonnenwende kein Sonnenaufgang stattfindet. Hier liegt die Laufbahn der Sonne vollständig unterhalb der Horizontlinie.

Dazu noch zwei Anmerkungen: Trotz der ganzen Dunkelheit gibt es aber auch eine gute Nachricht. Denn ab der Wintersonnenwende werden die Tage auch wieder länger, da die Erde weiter wandert und sich die Nordhalbkugel der Sonne bis zur Sommersonnenwende im Juni nähert. Dieser Umstand begründet dann auch, weshalb zahlreiche antike und frühmittelalterliche Kulturen die Sonnenwende als wichtiges Datum im Jahreskalender feierten. Zwar nicht immer genau an diesem Dezember-Termin definitiv aber mit dem oben skizzierten Aspekt der Tageslänge.

Ivo wollte mit dem Besenstil beginnen, Löcher rein und so. Dabei stieß er auf genau den Besenstil, den er heute schon mal benutzte wie eine Angel, Schnur dran, Mülltüte dran.

Also war es eine gute Idee, diesen Stil sauber zu machen: Danach machte er sich ans bohrende Werk. Solche Dinge müssten auf dem Küchentisch geschehen, und Dassia fand es okay so. Die Leute reden immer vom „Keller", vergessen aber, dass Bewohner einer Mietwohnung eigentlich keinen echten Keller haben. Die können da was abstellen, oft ist der Platz zudem sehr begrenzt.

Eine ganz andere Idee ist aber der Keller, der aus vier Räumen besteht, im Untergeschoss eines Einfamilienhauses. Dann kannst du da die Waschmaschine aufstellen, dort vier Flaschen Wein lagern und hier den Heimwerker spielen. Solche Kellerräume hatten vielleicht Moderatoren und Moderatorinnen im Fernseher, aber die normalen Mieter konnten eigentlich immer nur in einem Raum der Wohnung ihre Heimwerker-Arbeiten vornehmen.

Stauben würde es eh. Da ließe sich nicht dran ändern.

Schlechte Laune war eh, denn eine Person aus der Wohnung würde sich am Staub stören, und zwar wie.

Ivo hieß zwar Hass, aber gegenüber Dassia war er doch sehr verständig. Bei ihm ging das Bohren so, dass rechts der Besentil eingespannt war, in einem transportablen Schraubstock, mit Rechts bohrte er dann, hielt aber in der linken Hand den Saugschlauch vom Staubsauger, um jedes Spänlein, jedes bisschen Holzmehl sofort einzusaugen.

Auf diese Weise entstand ein Besenstil mit Löchern. Die toten Kleinzweige von der Frau Hilsch sollte aber lieber Dassia besorgen. Das wäre ihm lieber. Dann könnte er auch noch einen zweiten Baumverkaufsplatz aufsuchen, morgen dann, für den Artikel.

Vielleicht wäre es ja morgen auch etwas wärmer als heute, von draußen eher schon, von den generellen Temperaturen her, da konnte man ja immer was hoffen.

Hoffen durfte einem ja noch nicht verboten werden.

Aber man stelle sich vor, es kommen die Hirnscanner im öffentlichen Raum. Die Gesichtserkennung gibt es ja schon, das soll in China ganz ausgefieselt sein, das alles.

Und nun stellen wir uns Geräte vor, wo im Vorbeigehen erfasst wird, was der Herr A denkt oder die Frau B. meint, wohlgemerkt. Wenn Ivo denkt: „Ich hasse Ablich!", und er kommt an so einer Maschine vorbei, die weiß dann, was er denkt. Dazu gibt es eine große Zentrale. Da wissen die auch alles, führen etliche Daten zusammen, und können bei allen Gedanken Logarithmen erdenken, was wie bekämpft werden könnte, wer wann abgeführt würde, wer sofort einem Todesurteile unterliegen müsse, allerlei solche Dinge.

Da schlug der Ivo mit der Faust erst auf den Küchentisch. Danach auf den Besenstil. Das tat alles verdammt weh, das war so extrem schmerzhaft. Aber die Idee vom Gehirnscan, die hatte etwas Erschütterndes an sich und in sich.

Ein erfahrener Mensch weiß aber, dass alles, was gedacht wird, dann auch kommt. Existiert. Irgendwann. Denn sobald es jemand denkt, ist es schon einmal in der Welt. Die Wahrscheinlichkeit ist groß, dass es noch jemand denkt.

Einer in Europa, eine in Asien, einer in Südamerika, eine in Afrika, man kann die Kette weiterspinnen. Die Gedanken kommen ja nicht einfach so mal eben. Sondern die Anlage der Welt, der Aufbau der Gesellschaften, die Fortentwicklung aller Dinge lässt zu, dass dieses und jedes irgendwo in einem Kopfe geradezu „heranwachsen" werden, irgendein Gedanke dann auch.

Das machte Ivo so wütend, dass er das gedacht hatte. Das war ja so ungemein niederträchtig, wenn alle Gedanken im Vorbeilaufen abgeschöpft würden, von allen diesen Staaten.

Da musste sich Deutschland auch nicht rausnehmen. Deutschland war auch gemein. Surfe doch mal im Internet, da fängt es doch an. Die Seiten quillen ja über bei all den Cookies und Trackern. Das allein zeigt doch schon den Ungeist, der überall gespielt wurde.

Du kannst bei sat1.de mit deinem Ghostery-Zusatz im Browser hingehen und alle Tracker blockieren, da zeigt der dir aber schon 13 Tracker an. Welche Zahl! So eine kleine harmlose Homepage, die so viel an Spaß verkündet. Hurra, hallo. Und dann ist es da voller Tracker. Niemand geht so richtig dagegen vor, alle machen mit, selbst die kritischsten Geister in den Sendern selber.

Dieses ganze Prinzip des Alles-Wissen-Wollens, da fing es doch schon an. Da musste man Ablich schon als klug bezeichnen, wenn er keine Spuren im Netz hinterlassen hatte, sodass Ivo nichts zu ihm gefunden hatte. Ja, gar nichts war da.

Ablich musste wissen, wo es hingehen wird, das alles. Mal abgesehen von der schlimmen Brutalität, die nun in Europa wieder auferstanden war. Nimm jetzt noch die Hirnverfolgung hinzu, das Ausscannen der Köpfe, mal so eben. Vielleicht auch beim Tannenkauf. Nimm Brutalität, Inhumanität und Totalkrontrolle als ein Konzept, dann weißt du, was übrigbleibt.

Vielleicht würden sie ihn, Ivo, allein schon wegen des Nachnamens einsperren. Oder sie würden ihn fördern. Man würde meinen: Wir brauchen noch mehr Hass in der Welt, da käme uns einer wie der Ivo doch schon ganz recht. Deshalb fördern. Alles war doch möglich!

Hass
starkes Gefühl der Feindschaft, der Ablehnung
  Beispiele:
  tiefer, wilder, wütender, bitterer, blinder, tödlicher, maßloser, unversöhnlicher Hass
  alter, angestammter, eingefleischter, heimlicher, versteckter, gerechter, wohlbegründeter Hass
  Hass auslösen, erwecken, schüren, säen, ernten, ertragen
  jmdm. Hass entgegenbringen
  jmdm. Hass gegen den Krieg anerziehen
  Hass gegen jmdn., etw. empfinden, fühlen
  gehoben Hass gegen jmdn., etw. hegen
  umgangssprachlicheinen Hass auf jmdn. haben
  gehoben Hass im Herzen tragen
  gehobensich in Hass verzehren
  gehoben Hass blitzt, lodert aus seinen Augen
  Hass erfüllt ihn
  seinen Hass zu erkennen geben
  sich [Dativ] jmds. Hass zuziehen
  jmds. Hass erregen, auf sich laden

den Hass abbauen
sein Hass ist geschwunden, hat sich gelegt
er hat das aus Hass getan
in seinem Hass war er unerbittlich
jmdm. mit Hass begegnen
ihre Liebe schlug in Hass um
Wir protestieren gegen diese Behauptungen / die
vom Haß diktiert sind [P. Weiss Ermittlung 33]

Sollte Ivo nun richtig zu hassen beginnen? Wäre das nicht Lösung und Erlösung zugleich?

Dann käme er in Gewahrsam, ja, sehr bald.

Aber er würde die Welt vielleicht noch retten können.

Mehr als jeder Missionar, jede Missionarin. Immer Jesus und Liebe und Wange hinhalten.

Man musste zu A auch B hinzudenken.

Anders würde es doch kaum gehen.

Hass wäre so angemessen. Hass für Putin, Hass für die Kälte, Hass wegen der hohen Energiekosten.

Man sollte so richtig hassen dürfen, sich auskotzen, alles ablassen, gewalttätig sein, gemein, hinterhältig, böse.

In den ganzen Serien und Filmen. Da ging es doch zuallererst darum. Böses, Verbrechen, Taten, so überaus anziehend das alles. Anscheinend. So

105

musste man doch folgern. Allein schon von der Menge dieser Filme her.

Sonst wäre es ja nicht so, sonst wäre alles anders.

Die Natur hassen, das war doch der Trend.

Alles Natürliche hassen, wenn selbst Klimaleute mit Kleber rumliefen, also mit mieser Chemie, mit Gift.

Dann sollte er auch mal so richtig wild werden dürfen.

Ivo hatte den Besenstil noch in der Hand. Warum sollte er auch nicht damit hinunterlaufen und gegen die Tür von Ablich hämmern?

Der Hass war es doch!

Er eilte aus der Wohnung.

Dassia konnte ihn nicht aufhalten.

Er eilte schneller als das Wort. So wie „Eil" bei den Sondermeldungen im Internet.

Nun hämmerte er erst einmal mit der Faust gegen die Tür, nichts geschah.

Die Klingel drückte er erst danach, er wusste ja, dass niemand aufmachen würde.

Aber was käme nun?

Jenny stand im Treppenhaus, sie schaute ihm zu. Immer noch ohne Maske. Eigentlich dürfte sie überhaupt nicht irgendwo außerhalb der Wohnung sein. Sie würde alle anstecken. Aber dieser

Lärm war attraktiv, Hass per se hatte in den letzten Jahren eine fast schon erotische Aura bekommen.

Jenny mochte Ivo, immer schon, auch wenn man sich nur alle drei oder vier Wochen sah, meistens nur zufällig, auf der Treppe.

Sie mochte die Kraft, die Ivo ausstrahlte.

Jenny ahnte, wie da was schlummerte.

Jenny sah nun, wie sich Ivos Hass entfaltete.

Sie kannte nicht den wahren Grund, den Auslöser mit der Gehirn-Scan-Vision, aber sie wusste, dass Ivo sich den ganzen Tag schon abgearbeitet hatte. An Ablich, die laute Musik. Die Kälte, vielleicht ja die Kälte der Welt insgesamt, also A als wahre Kälte, Temperatur, dann aber B als Kälte im übertragenen Sinne. Die Weltkälte.

Der Besenstil war aber doch zu schwach für die Tür. Dassia stand auch im Treppenhaus, hinter Jenny. Andere Nachbarn hatten die Türen geöffnet, nicht alle aber wollten hinaustreten.

Wenn Ivo hier einen echten Tobsuchtsanfall hatte, und der hieß ja „Hass", dann musste man mit allem rechnen, dann sollte man eher mal verdammt aufpassen.

Ivo trat nun gegen die Tür, immer gleichmäßig, immer genau wie ein Stampfen, es war, als ob da einer bei der Arbeit wäre, als ob er da Weintrauben zerstampfen müsste.

Aber hier war es eine Tür, man stampfte nicht von oben, sondern der Hass kam von der Seite. Vertikal ist nicht horizontal. Das war gewiss beschwerlich, aber Ivo wirkte so stark, so gewaltsam, so intensiv.

Natürlich musste die Tür brechen.

Nicht ganz, nicht das gesamte Blatt, aber rund um das Schloss gab das Holz dann doch nach.

Irgendwann brach dann an der Stelle das Holz so, dass das Schloss sich nicht mehr im Holz halten konnte.

Ivo stürmte also endlich in die Wohnung hinein.

Er lief als Erstes auf die Fenster zu.

Alle machte er zu, eines nach dem anderen, vier insgesamt zur Straße, aber nach hinten waren es auch noch mal drei.

Die Leute im Treppenhaus hörten es nur an den speziellen Geräuschen.

Keiner wollte diesem hassenden Mann hinterherlaufen.

Die Gefahr schien zu groß.

Dassia war bis zur Tür, sie rief noch „Ivo, Ivo, Ivo", aber kein King-Kong-Effekt sollte aufscheinen. Nichts an Besänftigung durch die feine Frau.

Würde er nun anfangen, Sachen in der Wohnung zu zerstampfen, dieser Ivo Hass? Man wusste es nicht, man konnte es nicht absehen.

Er rief jetzt: „Ablich", und er rief: „Ablich, du Haus-auskühler, zeige dich!"

Allein: Es gab nichts, was sich zeigen könnte.

Ablich lag tot in der Küche. Neben sich eine Nord-manntanne.

Entweder war es ein Unfall, oder es war eine ganz besondere Art von Suizid. Niemand konnte es sagen.

Ivo sank über dem Ablich zusammen, rollte dann weg und schnaubte laut.

Der Hass war raus, als hätte man einer Luftmat-ratze die Luft entzogen.

Dassia kniete sich über ihn und versuchte 400 Hollywood-Filme zugleich nachzuspielen.

Es war ein gewiss großes Finale.

Sicher, nicht viele hatten es mitbekommen, nicht mal im Treppenhaus.

Aber Jenny hatte dann doch mit der Handy-Kamera gefilmt, ein paar gewichtige Szenen wür-den für die Nachwelt bleiben. Wenn man das mit dem Besuch der Mutter am 24./25.12 zu einer Ein-heit zusammenschneiden würde, dann könnte es ein beachtlicher Protest gegen die unnatürliche und übererhitzte Kalt-Welt sein.

„Ivo Hass gegen die Welt", so in etwa der Titel.

Natürlich dachte Dassia das alles nicht, also nicht für sich selbst, aber eine Gehirn-Scan-Maschine, hätte es diese an diesem 12.12.2022 schon wirklich gut eintrainiert und durchgetestet gegeben, die hätte diese Gedanken aufzeichnen können.

Bei den Gedanken der Jenny hätte die Maschine hingegen so viel Rotlicht gezeigt, dass man diese Frau sofort exekutiert hätte, ja, so wie man es gerade im Iran machte.

Ablich aber blieb tot.

Es hieß, er habe die Fenster nur deshalb so weit aufgerissen, weil er die Nordmanntanne in die Wohnung bekommen wollte.

Da er so furchtbar allein gewesen sei, habe er sich die Tanne erst kaufen wollen, nachdem alle Fenster aufgestanden wären.

Er wollte dann die Tanne vielleicht sogar hinein-werfen, in seine Wohnung.

Das sei bei einem zweiten Stock gar nicht so unwahrscheinlich gewesen. Und habe ja offenbar auch geklappt.

Nein. Den Ivo Hass aus dem anderen Stock habe Ablich nicht fragen wollen, weil der doch Hass geheißen habe. Mit so jemand würde man doch keine Tanne in eine Wohnung tragen können.

Außerdem sei doch bekannt, dass der weder an das Christkind noch an die Weihnachtszeit noch an den Weihnachtsbaum glaube.

Das hätte Ablich niemals zulassen können, mit dem die Tanne tragen! Nein, nein.

Und die anderen Leute aus dem Haus, die wären meist weiblich gewesen, keine Frau mit starken Armen darunter, nur ein weiterer Mann, der aber gebrechlich sei, Herr Klebinger aus dem 4. Stock.

Nein, nein.

Da kam nur diese Idee zur Ausführung. Fenster aufreißen, dann zur netten Frau Hilsch. Tanne kaufen. Hochwerfen. So tickte Ablich!

Dassia habe davon gewusst, denn die sei ja an der Ecke gestanden, als er die Tanne gekauft habe.

So hieß es.

Dassia habe dann mit der Frau Hilsch gesprochen, wie der Ablich seine Tanne gekauft habe.

Auf diese Weise habe sie dann festgestellt, dass die Frau Hilsch so nett sei und den Ivo zu der Hilsch hingeschickt. Für den Artikel dann.

Auch das wusste jemand zu berichten.

War es Jenny?

Oder war es eine Person, die allerbeste Kontakte zu Cookies, Tracking, Videokameras, Gesichtserkennung, Gehirn-Scan, letztlich zu allem hatte?

Einer aus Russland?

Jemand aus China?

Eine Frau aus einem arabischen Land?

Jemand aus Brüssel?

Die Schwester von Herrn Musk, vielleicht die!?!?

Hatte der denn eine?

Musk wollte doch den Hass wieder zulassen, auf Twitter, die Beschränkungen aufheben, da war es doch naheliegend, dass ... Auch wegen A und B.

So also dachten und standen die Leute. Alles wurde aufgezeichnet. Keiner wusste genau, wo und wie. Aber endlich waren sich alle sicher, dass das in irgendwelchen Datenspeichern landen müsste. Das alles hier.

Wir wissen nicht von wem.

Aber da war was.

Ivo war seinem Nachnamen „Hass" erlegen, konnte sich aber wieder beruhigen, als die Fenster unten in der Wohnung geschlossen blieben.

Es gab bei Dassia und Ivo 17 Grad nun. Statt 16.

Schön.

Wenn Henriette kam, am 24.12., würde man hochheizen.

Auf Gäste aus dem Haus aber sollte nun verzichtet werden.

Dassia sah das sofort ein.

Die Türe musste bezahlt werden, aber Strafverfolgung gab es keine.

Ivo blieb unbehelligt.

Polizei war zwar aufgetaucht, aber weil alles so ruhig gewesen war, ließ man es dabei. Bei Aufzeichnungen.

Ein Anwalt hatte sich von allein gemeldet. Er würde wohl prozessieren. Keiner wusste, in welcher konkreten Sache. Aber die Vorgänge heute gaben wohl genug her.

Frau Wisselfeldinger aus dem Haus hatte eine Liste der Todesdaten ausgedruckt, 12.12., ja von Wikipedia.

Jenny aber wollte ausziehen, sofern sie eine Wohnung finden sollte. Davon aber war in diesen Zeiten nicht auszugehen.

Ablich würde da auch noch reinkommen müssen, in die Wikipedia-Todesdatenliste 12.12., das schien sicher.

Denn die Tannensache war ja heute passiert. Genau heute.

Bernd Hass Ablich, so stand es übrigens in seinem Pass, geboren am 12.12.1972 in Istril-Isien, das Todesdatum kennen nun wir alle, die das hier lasen.

Vor dem 16. Jahrhundert

627: Rhazates, sassanidischer Feldherr

884: Karlmann, König von Westfranken

926: Wilhelm II., Graf von Auvergne und Herzog von Aquitanien

1112: Tankred von Tarent, Unterführer des Ersten Kreuzzugs, Regent von Betlehem, Fürst von Galiläa, Regent des Fürstentums Antiochia und Regent der Grafschaft Edessa

1143: Kakuban, japanischer buddhistischer Mönch

1154: Vizelin, Bischof von Oldenburg

1213: Wilhelm von Lüneburg, Herzog von Lüneburg

1302: Adolf II., Graf von Waldeck und Bischof von Lüttich

1395: Yolande von Flandern, Regentin der Grafschaft Bar

1398: Heinrich VII., Herzog von Liegnitz, Bistumsadministrator von Breslau und Bischof von Leslau in Kujawien

1431: Ulrich von Albeck, Bischof von Seckau

1446: Mircea II., Fürst der Walachei

1454: Jean d'Arces, Erzbischof von Tarentaise

1467: Jost II. von Rosenberg, Bischof von Breslau und oberster Prior der böhmischen Johanniter

1476: Friedrich I., Kurfürst von der Pfalz

1478: Johannes Mentelin, deutscher Buchdrucker

und Buchhändler

16. bis 18. Jahrhundert

1543: Maria Salviati, Florentiner Patrizierin, Mitglied der Familie Medici

1559: Andreas Aurifaber, deutscher Arzt

1565: Johann Rantzau, „Dreier (dänischer) Könige Oberster Feldherr und Rat"

1574: Selim II., Sultan des Osmanischen Reichs

1586: Stephan Báthory, König von Polen und Fürst von Siebenbürgen

1622: Bartolomeo Manfredi, italienischer Maler

1631: Johannes Hartmann, deutscher Universalgelehrter

1635: Iwan Sulyma, Ataman der Saporoger Kosaken

1645: Giovanni Bernardino Azzolino, italienischer Maler, Bildhauer und Wachskünstler

1656: Gabriel Bengtsson Oxenstierna, schwedischer Staatsmann

1657: Justus Sinold, deutscher Rechtswissenschaftler

1659: Guillaume de Lamboy, kaiserlicher Feldherr

1663: Joachim Betke, deutscher evangelischer Theologe und Spiritualist

1671: Sibylla Ursula von Braunschweig-Wolfenbüttel, Herzogin von Schleswig-Holstein-Sonderburg-

Glücksburg

1672: Charles Stewart, 6. Duke of Lennox, schottischer Adeliger

1681: Hermann Conring, Polyhistor, Leibarzt der Königin Christina von Schweden, dänischer Staatsrat und Leiter des bremen-verdischen Archivs in Stade

1686: Charles de Noyelle, 12. General der Societas Jesu

1693: Anna Magdalena von Pfalz-Birkenfeld-Bischweiler, deutsche Adelige

1702: Olof Rudbeck der Ältere, schwedischer Universalgelehrter

1705: John Easton, englischer Politiker und Gouverneur von Rhode Island

1706: Christian Ludwig, Graf von Waldeck und Pyrmont

1707: Lodovico Ottavio Burnacini, italienischer Architekt, Grafiker, Bühnen- und Kostümbildner

1719: Heinrich Papen, deutscher Bildschnitzer und Bildhauer

1721: Joseph Greissing, Hofbaumeister in Würzburg

1730: John Wentworth, britischer Vizegouverneur in New Hampshire

1744: Christoph Starke, deutscher evangelischer Theologe

1751: Henry St. John, 1. Viscount Bolingbroke, britischer Politiker und Philosoph

1754: Wu Jingzi, chinesischer Schriftsteller

1758: Françoise de Graffigny, französische Schriftstellerin

1764: Johann Philipp Breyne, deutscher Botaniker, Paläontologe und Zoologe

1764: Christian Klausing, deutscher Orgelbauer

1766: Johann Christoph Gottsched, deutscher Gelehrter und Schriftsteller

1770: Johann Ludwig von Dorville, preußischer Justizminister

1771: Theodor Arnold, deutscher Übersetzer, Lexikograph, Grammatiker und Lehrer

1772: Johann Gottfried Seyfert, deutscher Komponist

1776: Anton Maria Stupan von Ehrenstein, österreichischer Geheimrat

1788: Friedrich Heinrich, Markgraf von Brandenburg-Schwedt

1792: Arthur Lee, US-amerikanischer Politiker und Diplomat

19. Jahrhundert

1803: Ernst Benjamin Gottlieb Hebenstreit, deutscher Mediziner

1807: Giuseppe Antonio Mainoni, französischer

General

1812: Carlo Luca Pozzi, Schweizer Stuckateur

1812: Stanisław Trembecki, polnischer Dichter

1813: Heinrich Grenser, deutscher Holzblasinstrumentenmacher

1840: Jean Étienne Esquirol, französischer Nervenarzt

1842: Robert Haldane, schottischer Offizier und Laienprediger

1842: Lea Mendelssohn Bartholdy, deutsche Pianistin, Musik- und Kulturförderin

1843: Wilhelm I., König der Niederlande

1846: Charles-Alexandre Lesueur, französischer Naturforscher, Entdecker und Maler

1870: August von Voit, deutscher Architekt

1877: José de Alencar, brasilianischer Schriftsteller

1881: Florêncio Carlos de Abreu e Silva, brasilianischer Rechtsanwalt, Journalist, Autor und Politiker

1881: Christian Wilhelm Bronisch, sorbischer Pfarrer und Sprachwissenschaftler

1886: Bertha Augusti, deutsche Schriftstellerin

1889: Robert Browning, britischer Dichter

1889: Wiktor Jakowlewitsch Bunjakowski, russischer Mathematiker

1892: James J. Faran, US-amerikanischer Politiker

1894: John Thompson, kanadischer Politiker

1897: Jaroměr Hendrich Imiš, sorbischer Geistlicher und Kulturpolitiker

1900: Santo Siorpaes, italienisch-österreichischer Bergsteiger

20. Jahrhundert

1901–1950

1904: Emanuel Schiffers, russischer Schachmeister

1905: William Sharp, britischer Schriftsteller aus Schottland

1910: Georg von Schleinitz, deutscher Marineoffizier

1912: August Friedrich Wilhelm Haese, deutscher Baptistenpastor

1912: Luitpold, Prinzregent von Bayern

1912: Reinhold Persius, deutscher Architekt und preußischer Baubeamter

1913: Menelik II., Ex-König von Shewa und Kaiser von Äthiopien

1920: Edward Gawler Prior, kanadischer Politiker

1922: John Wanamaker, US-amerikanischer Kaufmann und Politiker

1923: Raymond Radiguet, französischer Schriftsteller

1933: Anita Rée, deutsche Malerin

1934: Thorleif Haug, norwegischer Skiläufer

1934: Arthur Keller, deutscher Mediziner

1937: Alfred Abel, deutscher Schauspieler und Regisseur

1937: Louis Artaud, französischer Politiker

1938: Theodor Heller, österreichischer Heilpädagoge

1939: Douglas Fairbanks sen., US-amerikanischer Schauspieler

1940: Ernst Aufseeser, deutscher Maler, Lithograf, Xylograf, Grafikdesigner und Hochschullehrer

1940: Walter von Saint Paul-Illaire, deutscher Kolonialbeamter

1943: Henri Abraham, französischer Physiker

1946: Renée Falconetti, französische Schauspielerin

1948: Johann Anetseder, deutscher Politiker

1948: Franjo Dugan, kroatischer Komponist

1949: Harry T. Burleigh, US-amerikanischer Komponist

1950: Robert Krups, deutscher Lokalpolitiker

1951–1975

1952: Lawrence Henry Aurie, kanadischer Eishockeyspieler und -trainer

1952: Bedřich Hrozný, tschechischer Linguist und Orientalist

1952: Max Laeuger, deutscher Künstler

1955: Antun Dobronić, kroatischer Komponist

1957: Robert Kurka   ff. ff. ff. ff. ff. ff. ff. ff. ff. ff. ff. ff. ff.